Impressum

Bibliografische Information der Deutschen Nationalbibliothek: Die Deutsche Nationalbibliothek verzeichnet diese Publikation in der Deutschen Nationalbibliografie; detaillierte bibliografische Daten sind im Internet über http://dnb.dnb.de abrufbar. Die automatisierte Analyse des Werkes, um daraus Informationen insbesondere über Muster, Trends und Korrelationen gemäß §44b UrhG („Text und Data Mining") zu gewinnen, ist untersagt.

Verlag: BoD . Books on Demand GmbH,
          Übersering 33, 22297 Hamburg,
          bod@bod.de

Druck: Libri Plureos GmbH,

         Friedensallee 273,
         22763 Hamburg

ISBN: 978-3-7693-7616-6

www.manfredschreiber.com

Manfred Schreiber
*15. Februar 1971
in Bremen

Schulzeit: Unglamourös, aber skandalfrei, keinen Sinn für Mathe oder ähnliche Veranstaltungen

Stationen: Zeitungsjunge, Kochlehre (abgebrochen), Rangierarbeiter, Grundwehrdienst, Leiharbeitskosmos, Reproherstellerumschulung (abgebrochen), Postbote, Spüler, Eisverkäufer, Setrunner, Redaktionsassi, Soundtrackliebhaber, Kurzfilmer, freier Autor

Filmfavoriten: „Blade Runner", „Jaws", „E.T." „The Empire Strikes Back", „1941", „Rocky", „Silverado", „Skin Deep", „The Road to Wellville", „Wonder Boys", „Ballon", „Thelma & Louise", „Dead Poets Society", „Matchstick Men", „Full Monty", „Grand Canyon", „Papa Ante Portas" (meine DFFB-Bewerbung / Regiestudium 2002 wurde kurioserweise nicht erhört - wir müssen reden)

Eingestreut finden sich hier gut gemeinte Werkstatt-Kapitel vom Häppchen-Epos „Out of Dulsberg". Hauptfigur Jens Peter Kollow schwirrt mittendrin umher - ebenfalls freier Autor und frei erfunden. Parallelen mögen schreibtischtätermäßig fingiert sein - es macht für mich Sinn.

B 432

Aufgewachsen in Sichtweite malerischer Bundesstraße 432. Achtzigerjahrewelt. Sandmännchen bewies mit jeder Reise, selbst in schlimmster Einöde war TV-Empfang möglich. SV Sülfeld, mein Verein - unser Team, die Brasilianer Segebergs: Starspieler und ruhige Arbeiter. Gewarnt wurden wir Kinder beim Sprung aufs Fahrrad vor rasenden Transportern einer mittelständischen Großbäckerei. Gut, mysteriösen Mittelpunkt bildete also diese Backstube - was stand links und rechts davon?

Erwachsenenrätsel machten mir zu schaffen: Nachrichtenstimmen redeten vom *Butterberg* - dessen Entdeckung blieb mir jedenfalls im Alltag verborgen. So tröstete heimeliges Hörspielmärchen „Die Reise ins Schlaraffenland", wo findige Leute am Fuße gigantischen Bergs aus Grütze ihren Plan wahr machten und sich hindurchfraßen - mutig hoffend auf anderer Seite sagenumwobenes Schlaraffenland zu erleben.

Einlass bei Möbel Kraft gelang meinem älteren Bruder Joachim und mir ganz simpel - wir gingen am Haupteingang rein und folgten schnurstracks vertrauten Fischfiguren, welche lächelnd von der Decke baumelten, um uns jenen Pfad zum lohnenden Kinderkino zu weisen: Ratternder Filmprojektor, bewegte Bilder - beinahe wie im Leben.

Zeitungsausschnitte, jeder Fetzen, Reportagen über allerhand Dreharbeiten mit detailverliebten „Hinter-den-Kulissen-Fotos" - grobkörnige Bilder zeigten typische „Zwei-Welten-Stimmung": Links ausgeklügelt-eingerichtete Szene und rechts davon das Kamerateam, Schienen, Monitore, Kabelsalat, Plastikbecher, Kartons, eben geschäftig werkelnde Filmleute. Skywalker, McFly, Kent, Balboa, Rambo, Deckard, Jones - traumhafte Klingelschilder. Unsere echten Nachbarn hießen ganz anders.

Schon wieder *diese zwei großen Jungs*, nie ohne Regiebart und Baseballmütze: Nach „Jäger des verlorenen Schatzes" erzählten George Lucas und Steven Spielberg ihre Archäologen-Action-Sause mit verzückendem „Indiana Jones und der Tempel des Todes" einfach mal weiter. Für kleine Cineasten, die nicht wussten, was das Wort meint, aber Abenteuerstorys liebten, genau die richtige Zeit. Ich war dreizehn, der Film ab sechzehn Jahren freigegeben, super, was nun? Organisieren einer schlimmen VHS-Raubkopie? Oder Warten auf massiv zu Buche schlagende Videokaufkassette, die obendrein erst wer weiß wann irgendwo zu haben wäre? Auch würden wir solch' Homevideorekorderwundermaschine noch ewig nicht unser Eigen nennen - budgetmäßig: Science Fiction. Natürlich ab ins Kino - Tickets dafür? Gerade so machbar.

Pure Leinwandmagie: Polsterklappsitze, Tischchen, Lämpchen, das Gefühl Spielfilm: Kino - dieser phantastische Ort, wo Filme *echt* klangen und ihre Präsentation im Dunklen übergroß erschien.

Walkman, Cap, Sonnenbrille - ich war ausstaffiert. Joachim, der ja schon legal in FSK16-Filme rein durfte, hatte diesen Auftritt eines dreizehnjährigen Hochstaplers im Bad Segeberger Kinofoyer penibel geplant. Hosenklammern fürs Radeln? Nein - nicht zu viel. Die gut zwanzig Kilometer zwischen Borstel und Bad Segeberg brachte ich auf seinem Rennrad hinter mich - meine halsbrecherische B432-Tour sollte Eindruck schinden beim Kassenpersonal. Per Linienbus fuhr mein Bruder voraus. Nachdem auf heiligem Kinoparkplatz sein Drahtesel angebunden war, wurde es knifflig. Ab jetzt keine Fehler! Cool, locker, innen drin zitternd öffnete ich die gläserne Kinotüre. Mit seinem goldenen Eintrittsticket wedelnd wartete Joachim schon - Popcorntüten hatte er vorgebunkert! Herzklopfen, in die Schlange einreihen - noch zwei vor mir, noch einer. Niemanden kratzte es, ob ich nach original dreizehn aussah oder rumlief wie tölpelhaft aufgebrezelt. Im Kinosessel nahm ich endlich diese Sonnenbrille ab - dann genossen wir, was Indiana Jones beruflich alles so machte an regulären Arbeitstagen.

CORDWESTE

Die Schauspielerei: Sehr jung an Jahren fand ich es total faszinierend, so was ja auch mal zu können.

Zur Winterzeit 1982 ein Rilke-Gedicht, aufzusagen in weihnachtlich geschmückter Turnhalle. Es waren bloß einige Zeilen (geprobt hatte ich seit Sommer). Bühne, Vorhang, Kribbeln, Backstage zwischen Sprungmatten, Medizinbällen, Holzkisten: Im Sportunterricht störten mich diese Gegenstände - hier bei der Show wirkte alles magisch. Eltern, Großeltern, Mitschüler, Geschwister, der Hausmeister, die Heiligen drei Könige, Josef und Maria mit Anhang, auch unsere komplette Lehrerschaft - mein erstes Publikum. Wirklich alle waren nun nicht wegen mir erschienen - ich musste mich also bremsen. Applaudierten sie netterweise mir oder dem Rilke-Text? Ich denke, ich war ganz gut. Dann schmetterten obligatorische Flötenquietschtöne der gedrillten Parallelklasse mich jungen Künstler brutal von der Bühne.

Ein halbes Jahr später erfreuten sich auch meine stimmbruchgewaltigen Otto-Waalkes-Imitationen munterer Bäckchen. Technologisches Drama: Kein einziger Jo-Jo oder Zauberwürfel verfügte damals über Videofunktion - multimedial überliefert ist davon also gar nichts.

Dieser Bauer meinte es wirklich ernst. Er machte sicher 'ne gute Mark mit seinem überdimensionalen Camembert. Jedes Mal, wenn ich auf abgeernteten Feldern jene rundum in weißen Kunststoffplanen eingeschweißten Zeugen landwirtschaftlicher Maloche erblickte, konnte ich nur staunen. Wieviel Paniermehl für nur einen gebackenen Camembert dieser Größe herbei gekarrt werden müsste! Ganz zu schweigen davon, was obendrein auf Hühnerfarmen los wäre, um das Austrocknen der Panierstraße zu vermeiden! Und beim hochgerechneten Bedarf an Fritteusenfett kann man sich dimensional-hardwaremäßig dann wahrlich verlieren.

„Von nichts kommt nichts", wie unsere selbstbeherrschte Mathelehrerin unangenehm, belehrend, aber auch weise verkündet hatte. Logische Konsequenz nach Schulabgang war für mich nicht zwingend eine Kochlehre. Agrarvisionär, Molkereibesitzer oder Mähdrescherfabrikant: Optional möglich, wenn auch kaum ernsthaft verfolgt. Quatsch - ich will Schauspieler sein. „Erstmal was Richtiges lernen", sagten alle, die schon länger erwachsen waren. Unmotiviert beugte ich mich ihrem Ratschlag. War das also das Geheimnis? Ein Ausbildungsberuf und ich? Der große Bruder eines Schulfreundes galt als Gastronom, wir kannten uns. Eine Kochlehre - nun ja, besser, als völlig untätig rumzuhängen. Der Beruf des Kochs ist ein guter, wenn man denn dafür brennt - mein Funke war verhältnismäßig minimal. Und zahlenintensives Fachrechnen (Dreisatz-Horror) bekam mir ja ganz schlecht. Etabliertes Haus, Qualität am Herd das Tagesmotto. Und Schreiber mittendrin - angetreten als siebzehnjähriger Kochlehrling in einem Ahrensburger Restaurant. Frittierter Camembert, nur ein paar Nümmerchen kleiner als auf den Feldern da draußen, welch' Déjà-vu. Teilweise Slapstick, was sich dort im Betrieb zutrug: Ich verzapfte pfundige Schabernacks und jede Menge geschossene Böcke, schichtweise. Sehr gut, dass mir alte Zeiten erspart blieben, wo es für Lehrlinge im Kochberuf düster zuging und man sich schutzsuchend in Deckung warf, um nicht von arg tieffliegenden Bratpfannen getroffen zu werden.

Sie verliehen mir sogar das Holzaugenmaßzertifikat. Eines Tages sagte unser Küchenchef: „Geh' mal rüber, Holzaugenmaß holen!" In Sichtweite führte er einen zweiten gastronomischen Betrieb - mit „rüber" war der Plattenweg gemeint, welcher beide Läden miteinander geographisch verband (ähnlich der Seidenstraße - womöglich, dass das hier nun zu weit führt). Was ein „Holzaugenmaß" war, darüber konnte ich nur schummrig spekulieren. Meine grübelnde Miene fiel auf - unser Küchenchef beruhigte mich: „Ich ruf' drüben an und sage, dass Du gleich vorbeikommst, Die werden das Teil für Dich einpacken. Sei aber vorsichtig, so ein Holzaugenmaß bedeutet sensible Technik, ge-eichtes Gerät, Du darfst es nur ganz zart anfassen, sonst kommt da drin alles durcheinander!" Das klang wie drittes Lehrjahr - aber auch nach Punkte-sammeln für einen wie mich. „Lass Dir Zeit, ob-wohl …, wir brauchen das Ding echt eilig!", dann griff unser Küchenchef zum Telefonhörer und ich war unterwegs auf der Seidenstraße nach nebenan.

Ein fragiles Irgendetwas sollte ich entgegennehmen und ohne Fauxpas meinem Küchenchef aushändi-gen. Ich hätte merken müssen, dass man mir breit grinsend hinterherguckte, als ich die Küche verließ, um den Plattenweg Richtung heikler Mission hin-unterzugehen. Drüben nahm ich das Holzaugenmaß behutsam in Empfang - sie ließen sich nichts an-merken, wünschten mir Glück. Ich balancierte den zu hütenden Behälter verdammt vorsichtig aus, wie ich es mit jedem Eimer Nitroglycerin tun würde. Jeder Schritt ein Wagnis. Was ich nicht sah oder nicht sehen mochte: Hinter Küchenfenstern hingen alle Kollegen und feixten. Geschafft - ich kam ohne verstolperten Zwischenfall wieder zurück, erwartet von anerkennend dreinblickender Kochbrigade. Auftritt Küchenchef - zweifelnde Mimik, kurz vor seinem Lachflash (diesen Begriff gab es damals gar nicht, ebenso wenig wie ein real existierendes Holzaugenmaß). „Nu' hol' raus das Ding, mach' schon!", ermunterte mich mein erwartungsfroher

Auftraggeber. Irgendeinen Blödsinn hatten sie mir drüben eingepackt: Salzpakete mit Alufolie stramm eingeschlagen (wirkte jedenfalls wie NASA-Equipment), umwickelt in mehrere Lagen aus Touchons und zur finalen Absicherung gegen möglichen Aufprall durch Hartplastikeiscremebehälter tipptopp versiegelt. Na, selbstverständlich waren alle Etiketten fein säuberlich abgepult worden - jeden Sprengmeister hätte das getäuscht. So festigt man als Azubi sein Image in der Küche.

Große Gesellschaften taten sich gütlich an festlichen Buffets, parallel hagelten Bons aus durcheinanderwirbelndem À-la-carte-Geschäft in diese wohlgeheizte Küche hinein. Unfreiwillig komisch hantierte ich am Gasherd: Zwölf Flammen galt es, mutig zu bändigen. Vergeblich. Ja, ich hatte Hilfe im Haushalt, da liefen noch andere Lehrlinge rum (einer wurde später mein Trauzeuge - er hat es auch gut gemacht). Dass man wirklich nicht jeden Fritteusenbrand mit Wasser löschte, lernte ich schon praxisnah. Dennoch, festgefahren wie ein viel zu schwaches Rührgerät im Nahkampf gegen mehlige Teigmassen: Kleckern mit allem, was solch' Ausbildungsplatz auffahren konnte - Ruhm war nicht dabei. Der Salatposten - mein Abstellgleis. Kalte Küche - auch da ging noch was. Hier perfektionierte Schreiber heimliches Naschen nicht geringer Mengen Vanillesauce - ursprünglich gezaubert für diverse Silberhochzeiten. Pikantes Detail: Ich hätte zwischendurch auch mal jenen Probierlöffel wechseln sollen. Und überhaupt, dieses hemmungslose Schlemmen schlug ja auf die Figur. Heldenhafte Berufsschulleistungen konnten in Ermangelung konkreter Tatsachen keinerlei besänftigende Aromen entfalten. Gar kein Wunder, dass ich mich nebenbei wieder der Kunst zugewandt hatte. Schauspieler - ich war längst bereit für diese Bürde.

Frisches Ziel: Die fundierte Schauspielausbildung. So nahm ich Kontakt auf zum Hamburger Bühnenstudio der darstellenden Künste, einst Hansastraße 35. Schon bald der historische Ort, wo Schreibers Weltkarriere zünden würde? Immerhin hatte ich „Rambo III" mit großen Augen dreizehn Mal gesehen (für diesen Kinospaß wurde der Löwenanteil vom Lehrlingslohn konsequent verpulvert). Richtiger Schauspieler zu werden - so kompliziert kann das auch nicht sein. Des Küchenchefs anfängliche Leidensfähigkeit gegenüber seines nicht immer bei der Sache wirkenden Lehrlings - allzu rasch verdampft.

Für die Schauspielprüfung musste ich mir natürlich Material draufschaffen: 1. ein klassisches und 2. ein modernes Stück - besser gesagt, zwei Rollen, klassisch, modern. Noch mehr Respekt forderten die Punkte 3. und 4. in der Prüfungs-Hitliste - da stand Schwarz auf Weiß „Gesang und Tanz". Düster, eklig wie Ammoniak: Schmachvolle Erinnerung an den mütterlicherseits initiierten Tanzkurs beinahe ein Jahr zuvor. Ich liebe Musikhören - ich mag es bloß gar nicht, mich tänzelnd zu bewegen. Letztlich nur aus Mitleid zog meine damalige Tanzpartnerin ihre trotzige Klage wegen Körperverletzung zurück - behutsam hatte ich Gras darüber wachsen lassen.

Im Infoblättchen der Schauspielschule war nichts zu lesen von kernigen Prügel-Choreographien - man sollte singen und eben auch tanzen. Okay, dann punkte ich in Hamburg knallhart mit blanker Method-Acting-Präsenz - dem Autor verpflichtet, dem Werke ergeben. Doch zuvor brauchte ich Textmaterial und musste verstört aufpicken wie der Buchhändler mich sehr rasch bequatschte. Ehrlich gesagt kam sein Wissen gar nicht ungelegen, weil ich als Schauspiel-Prüfling-Anwärter von Literatur überhaupt keine Ahnung hatte - weder „Klassik" noch „Moderne" konnten bei mir ein Glöckchen zum Tröten bringen. Dieser sicherlich belesene Mann, vermutlich geboren hinter der Ladentheke seines vollgestopften Bücherrefugiums, überreichte mir zwielichtig blinzelnd zwei gelbe Reclam-Heftchen: Franz Grillparzers „Wehe dem, der lügt" und Gotthold Ephraim Lessings „Der junge Gelehrte". Mit einem Lächeln, welches ich ihm nicht auch noch abkaufen wollte, meinte dieser orakelnde Buchhändler: „Wird schon schiefgehen junger Mann." Beherbergten diese Textheftchen wirklich zwei passende Rollen für mich? Schreiber schmökerte rein, sammelte Requisiten und kaufte Videotape. Alle unterbelichteten Probeaufnahmen meiner Darbietung (im heimischen Kellerzimmer per VHS-Kamera runtergekurbelt) hatten erbarmungslos gerufen: „Lass das!" Beim fünfzehnten oder sechzehnten Take kapitulierte sogar teuerstes Bandmaterial und quoll meterlang zerfriemelt durch den winzigen Spalt zwischen Kameragehäuse und Kassettenklappe - es wollte da nur raus. Auch dieser mechanische Weckruf konnte mich nicht lange schocken - unerklärlicherweise.

Fußball hatte ich bis dahin ganz passabel praktiziert - mit Büchern hielt ich es ja nicht so. Kein einziges „Lustiges Taschenbuch" hielt der kleine Schreiber durch. „Karlsson vom Dach", den mochte ich! Diese Frau aus Schweden konnte was (eine, doch, ja, ganz begabte Kollegin, nebenbei). Aus guten Gründen liebte ich diesen Filmroman, Hosentaschenkino: „Indiana Jones und der Tempel des Todes" - feines Stichwort, um zum Geschichtskern zurückzugelangen: Am Bühnenstudio war Schreibers Anmeldung aufgeschlagen und bestätigt - der alles entscheidende Termin rückte näher. Damis, ein recht Gescheiter - mein Part aus „Der junge Gelehrte". Leon, Küchenjunge - mein Part aus „Wehe dem, der lügt". Ja, bei letzterem hatte mich durchaus eine früh entwickelte Nähe zur Arbeiterklasse gepackt. Jedenfalls kam vom breit grinsenden Küchenchef freies Geleit zur Schauspielaufnahmeprüfung (vermutlich war ihm mein Unterfangen eine willkommene Auszeit).

Wohlan, am 9. September 1989 sollte man sich um 10 Uhr im Sekretariat des Bühnenstudios melden. U-Bahnstation Hallerstraße - aussteigen oder drinbleiben? Warum kam jetzt diese nervige Nervosität? Skeptisch stiefelte ich durch die Hansastraße der Adresse No. 35 entgegen. Eine berechtigt volle Flasche Multivitaminsaft sollte es richten, Vitamine, immer rein damit! Direkt vor der Schauspielschule umarmte sich ein Pärchen. Sie küsste ihn lange auf die Stirn, sehr lange. Reich belohnt wandte er sich ab, nahm die Stufen zum Eingang, blickte zurück zu ihr. Gehen wollte sie erst, wenn ihr geliebter Freund im Gebäude verschwunden war - man hätte gut und gern den Weichzeichner-Effekt drauflegen können. Wieder ein magischer Moment. Nur stand ich alleine da mit meiner Saft-Buddl und erweiterter Ausrüstung: Schürze, Tuch, Kochmesser, alles für die Rolle des Küchenjungen. Den seltsamen Studentenbengel aus Lessings „Junger Gelehrter" - den ..., ja, den wusste ich an diesem weichenstellenden Morgen sowieso und überhaupt noch rein gar nicht anzulegen. Mit kaum zu vertuschender Kribbeligkeit ging Schreiber dann hinein, durch die Tore der Schauspielschule. Man begrüßte mich freundlich im Sekretariat. Nach Papierkram hieß es warten - ist ja auch beim Film so: erstmal warten. Immer wieder fummelte ich die zwei leuchtend gelben Reclam-Heftchen aus der Tasche: Schreiber performed heute, eben mal vormittags, Grillparzer. Und Lessing. Wenn die beiden Herren nur davon wüssten. Oder deren Erben. Auf mich wirkte dieser Wartebereich haargenau wie Kubrick's „Shining"-Hotelflur. Man tut schon seltsame Dinge, wenn man sich extreme Anspannung so gar nicht anmerken lassen will. Und viel zu rasch mahnte der nur zu gut bekannte Gedanke „Ähm …, biste' hier wirklich richtig?!"

Irgendwann riss mich furchtbares Geschrei, Altbauwände durchdringend, aus lähmender Grübelei heraus. Kein Zahnarzt hier im Gebäude - alles, was aus dem Prüfungsraum real hervordrang, war Teil der Show, die ein willensstarker Schauspiel-Novize abfeierte, vor begeisterter Jury. Die Saftflasche war längst trocken - ein Minütchen hatte hier drin geschlagene 890 Sekunden. Auch meine zwei Rollen gerieten jetzt deutlich länger - fiebernd miniaturisierte Reclam-Seiten durchzappen. Das Regal mit Selbstvertrauen - ratzekahl leer geräumt. Eine arme junge Frau sackte immer wieder wie ein zerschmetterndes Bügelbrett zusammen und katapultierte ihren Oberkörper dann, unter heftigem Fauchen empor. Hoffentlich war die nicht ansteckend. Wie gebannt starrte ich zur Patientin des Morgens rüber - ein anderer Prüfling, der geküsste Held von vorhin, bemerkte meine Schweißperlen und sprach mir beruhigend zu: „Die macht nur Stimmübungen." Galaktisch cool wie Han Solo hörte ich mich antworten: „Ich weiß."

Aufruf für Schreiber - es war ein rundum verspiegelter Raum. Ganz sicher würde hier später noch getanzt. Eine Handvoll Schauspieldozenten bat mich nach kurzer Eigenvorstellung zu beginnen - weiß der Geier, was ich denen erzählte. „Und bitte, Herr Schreiber!" So erklang wahrlich erstes *Regiekommando* für mich. Bei letzten Textbausteinchen von Grillparzer & Lessing fühlte ich eine klassisch-modern-pulstreibende Leere - Moment, nein, schon sehr viel weiter vorher. Ich war nicht gut. Ich hatte nichts anderes erwartet. Aber, ich wollte das machen. So fühlte es sich also an. Man weiß ja selbst am besten, wann man sich lächerlich gemacht hat. Schauspielen - ich erkannte immer beim Zusehen von außen, wer ein Guter seines Fachs war. Gefühlssache. Selbst spielen zu können, es wäre etwas ganz Feines. Talentiert, ich? Aber das hier war ja auch eine Schule. Zum Lernen, im besten Falle.

Am spontanen Dozentenecho störte mich die einstimmige Meinung: Nur lustige Rollen würden zu mir passen. Was wussten die denn? Beim Schulfest in der Fünften, ja, da hatte ich Otto imitiert - tapfer, ziemlich realistisch, bravourös und minutenlang. Der hätte gar nicht mehr selbst aufzutreten brauchen. Klar, kann ich lustig - doch deswegen lasse ich mich nicht in die Für-alle-Zeiten-Jux-Schublade verfrachten, ihr Anfänger. Oder hatte Schauspielprüfling Schreiber Rollen beider Stücke vercrossovert? Man würde sich melden, meinte die bedächtige Dozentenriege. Blackout: Kaum ein Filmschnipsel der Disziplinen „Gesang und Tanz" wollte sich Jahrzehnte über im Kopf speichern lassen - da war dieser Saal mit ganz vielen Spiegeln, möglicherweise auch Musik. Mehr nicht.

Zurückrennen zur U-Bahn, dann vom Hamburger Hauptbahnhof nach Ahrensburg - wenig später: Dienstantritt in der Gefängnisküche. Küchenchef und Kollegen applaudierten spöttisch bei meinem Auftritt (hatte extra eine frisch gestärkte Kochjacke wie als Poncho übergeworfen) - „Ja, ja, gar nicht mehr lang', und ihr alle stürmt wegen mir ins Kino!" Ich brauchte Gagschreiber.

Wenige Wochen nach denkwürdiger Aufnahmeprüfung flatterte ein durchaus spannend erwarteter Brief herbei: Die Zusage, ich könne das Schauspielstudium beginnen. Unter zittrigen Händen, alles war so schräg verwackelt, las ich balsamwonnige Nachricht immer wieder - die wollten mich. Was tun: Kochlehre erstmal durchziehen? Quatsch mit Sauce. Umschulung auf Jedi-Ritter? Alles überbucht. Oder Schauspielstudium? Die zwei unterschriebenen Verträge bewahrte ich lange Jahre auf - einen davon hätte ich einst zurückschicken dürfen, zum freundlichen Sekretariat des Bühnenstudios, meiner potentiellen Schauspielschule. Mit achtzehn Jahren wusste man sowieso alles - meine Kündigung des Kochazubivertrages war für mich logisch. Die Hamburger Chance ließ ich fatal sausen, traute es mir nicht zu. Sauber - abgebrochene Lehre und nicht den Arsch in der Hose, um diese hart erkämpfte Schauspielausbildung anzutreten ...

Als Abschiedsgeschenk wünschte ich, die Cordweste mitnehmen zu dürfen, welche mir beim Kühlhausaufräumen nicht nur dreimal das Leben rettete. Ich war raus aus dem Laden. Ein Küchenchef, an dem es nicht lag. Ein Schreiber, der keinen Plan B hatte. Als Essenz blieb unsere, nun ja, irgendwie kumpelhafte Sympathie über Jahrzehnte, sah man sich auch lange Zeiten nicht wieder. Diese Cordweste wurde mein ältestes Kleidungsstück.

Was man noch so macht für ′ne Handvoll D-Mark? Rangierarbeiter bei der Bundesbahn winkte als nächste Station, ein anderer Schulfreund brachte mich darauf. Vertraute Schreiber den falschen Leuten? Zugfahren mochte ich ja, traditionell als Passagier. Aber ab jetzt in versifften Signalklamotten mit wackeligem Helm durchs Gleisbett hüpfen und Güterwaggons ausweichen? Schreibers Karriere war gelinde gesagt mächtig am Stottern, wenn nicht sogar tief versunken Richtung ödem Brotjobdschungel. Malochen, Früh-Spät-Nachtschicht. Schlotternd im Schneetreiben, knuspernd bei sengender Hitze. „Was tust du hier?", fragte ich mich zwischen vereisten oder auch schmieröligen Zugkupplungen. Die Gleise vom Rangierbahnhof im Hamburger Hafen erschienen mir endlos in allen Gewändern nur denkbarer Jahreszeiten. Spätschicht: 14 bis 22 Uhr, Nachtschicht: 22 bis 6 Uhr. Gleich morgens, ca. 5:45 Uhr, bekam ich vor der Frühschicht selbstverständlich ungefragt aktuellste Schweinereien zu hören, wie es eben üblich war unter diesen Kerlen. Ekelhaft, schon sehr einfach gestrickt, frauenfeindlich, teilweise abnorm.

„Hemmschuhleger" lautete im Rangierdienst die interne Arbeitsbezeichnung. Ein „Hemmschuh" an sich bestand aus Eisen, maß ca. 50 Zentimeter, wog gute 7 Kilogramm (Radauflauffläche, Bremskopf, Sohle, Tragegriff). Wir Hemmschuhleger mussten jeweils schätzen, in welcher Entfernung zu den im Gleis schon abgestellten Waggons ein Hemmschuh auf dem Schienenkörper aufgelegt werden sollte, damit zu stoppende Waggons nicht spektakulär auffuhren. Alternativ zur Luftaufnahme - hier eine Sammlung der Ereignisse, welche mehr oder weniger geräuschintensiv und nach Erfahrung jeweils handelnder Personen orakelnden Alltag eines Hemmschuhlegers bebildern möge:

Die Rangierlok schob oben abgekuppelte (gelöste) Waggons über den Scheitelpunkt vom Ablaufberg - entweder „am Band" (mehrere Waggons) oder „solo" (logisch, ein Waggon). Alle Hemmschuhleger warteten unten zwischen ihnen zugewiesenen Gleisen - per Lautsprecherdurchsage konnte man hören oder auch nicht, welche Waggons demnächst hinunterrollten. Öfters wurden vom Stellwerk aus mittels hydraulischer Gleisbremse Waggons in ihrer Geschwindigkeit gedrosselt - es kam ganz drauf an, wie weit freie Fahrt ab Gefälle zu uns Hemmschuhlegern reichen sollte, um möglichst keine Lücken entstehen zu lassen, die später von Rangierloks zeitaufwändig zusammengedrückt werden mussten. Obwohl als Eisenstück so manches gewohnt, machte der Hemmschuh wahrlich toughen Job - wenn sich das erste Waggonrad allen Gewichts fest fuhr und funkensprühend jenen Hemmschuh Meter um Meter mit sich schliff, dann mochte man kaum tauschen. „Waggone-brems-keine-Wumms-keine-Katastroff!", so erläuterte mir der langjährige kroati-

sche Kollege optimale Arbeitsweise. Vom Theorie-
unterricht her war das klar - draußen beim Feldver-
such staunte ich dann schon. Bedacht werden
musste, ob der Schienenkörper naß oder trocken
war und wieviele Tonnen kommende Waggonan-
zahl mitbringen würde. Zusätzlich, um Bremseffek-
tivität zu vergrößern, verteilten wir Hemmschuhleger bei Regenwetter Sand zwischen Hemmschuh-
unterseite und Schienenkörper. So gesehen war individuelles Bremswegabschätzen auch schon der
einzige Vorgang, welcher hier draußen im weitesten
Sinne irgendetwas mit Kreativität zu tun hatte.
Nicht selten handelte es sich um sieben, acht, neun,
zehn und mehr Waggons am Stück, manchmal kam
bloß einer runter - in gewaltigem Karacho oder
gemächlicher Schrittfahrt.

Wollte ich nicht längst Filme drehen? Weil die riesige Gleisbremse enormen Funkenflug verursachen
konnte, durften mit Propangas gefüllte Waggons
nicht durch das Stellwerk vorgebremst werden - in
dem Falle wurde ausgelost, welcher Hemmschuhleger am Propangaswaggon aufsteigen musste, um
eigenhändig die Bordhandbremse beim Ablauf zu
bedienen. Ritt auf Pulverfass - ich trug meine dicke
Cordweste drunter als Präventivschutz vor mächtigen Propangasexplosionen. Für beinahe jede
Schicht hoffte ich: „Heute bloß keinen Crash, keine
Entgleisung!" Ansonsten wäre Schreibers erneuter

„Kapelle Acht"-Besuch nicht zu vermeiden. Im Büro mit unendlicher Zimmernummer 8 versah der Unfallbeamte seinen Dienst. Ab und an musste ich antreten und Protokoll leisten, wie es zu Crash oder gar Entgleisung X, Y, Z gekommen war. Zeitfaktor, Timing sowieso, zu wenig Personal - nicht immer schafften wir Kollegen Abläufe parallel, da unsere zu betreuenden Gleise öfters weiter auseinander lagen. Bremswege knobeln - wie gesagt, individuell kreativ und immer eine Premiere.

Der versierte Hemmschuhleger hoffte jedesmal, unter ohrenbetäubendem Quietschen des leidenden Hemmschuhs, dass aktueller Bremsweg ausreichend geschätzt war. Zusehends verringerte sich dieser immer kleiner werdende Abstand schleifender Waggons auf den ersten stehenden Waggon im Gleis, blauer Qualm begleitete das Szenario - unerbittlich wurde der winzige Hemmschuh glühend heiß gefahren. Nicht mehr viel Platz hier, ich schluckte mitfühlend und sah hinten vom Ablaufberg schon nächste Waggons herannahen. 5, 4, 3, 2, 1, 0,5 und 0 Meter - donnernd prallten Puffer auf Puffer. Manchmal war zu hören, wie tonnenschwere Ladung im Containerinneren umher rumpelte - brach sie filmtauglich durch die Wände, sah man sich also bald in berüchtigter „Kapelle Acht" schweißtreibendem Protokoll gegenüber.

Besonders beeindruckend war es für mich, wenn meist in sternenklarer Nachtschicht Mercedes-Waggons steilen Scheitelpunkt des Ablaufbergs passierten, zweistöckig beladen mit werksfrischen Karossen. Bei Mondlicht rollte dann millionenschwere Last, gesichert durch mindestens zwei nacheinander aufgelegte Hemmschuhe, möglichst präzise auf mich zu. Während einer der beiden Tagesschichten sah man sie manchmal auch - dann knipste ich Autobilder, Kollegenschnappschüsse und Rangierbahnhofstillleben. Für was das mal gut sein sollte? Nun, ich denke, es ging um Erinnerungen. Je nach Gemütslage und Arbeitsaufkommen stiegen wir Hemmschuhleger auch mal ein in solch' Automobil, oben auf dem Waggon - alles roch neu, foliengeschützte Sitze fühlten sich richtig gut an und auch verdammt weit weg. Im Schloss steckten funkelnde Autoschlüssel - für mich ohne Führerschein praktisch unbedeutend, aber es war ein Bild.

Nach Feierabend wollte ich meine triefende Arbeitsjacke zum Trocknen bringen, stand in dem dafür vorgesehenen sehr gut beheizten Raum und sah am Boden einen türkischen Kollegen, kniend beim Gebet. Leise sprach ich ihn verunsichert an, ob es wohl störte, wenn ich meine Jacke halb schräg über seinem Kopf zur Wäscheleine hängen würde? Er reagierte nicht auf meine Anwesenheit, betete, ganz im eigenen Moment, ruhig, stoisch.

Nach einer Zweisekundenewigkeit drehte ich mich um und schloss hinter mir die schwere Tür zum Trockenraum. Religiös war ich nie, aber sensorisch bewunderte ich tief gläubige Menschen - ihre Zuversicht in alles, was kommen möge, ihre Abgeklärtheit, ihre Kompromisslosigkeit. Mein Problem ganz im Jetzt: Wo ich ein trockenes Plätzchen finden könnte für die dicke Arbeitsjacke?

Kollegen jedweder Couleur gab es dort zu sehen: Witzeerzähler, Polterer, Kumpeltypen, Kartenspielfetischisten, Beamte, Dumpfsprücheklopfer, harmlose Wichtigtuer, intrigante Vertraute. In allen Gesichtern ruhten Geschichten. Einige soffen, liefen mit Alkoholfahne rum, während ihrer Arbeitszeit. Auch Vorgesetzte schluckten, mehr oder weniger heimlich, die sonst nicht als alkoholsüchtig auffielen - manche von ihnen taten Dienst im Stellwerk. Wenn die Gleisbremse versagte und Waggons ungebremst runterrauschten, manchmal aus dem Nebel - besser, man war als Hemmschuhleger hellwach.

Serben und Kroaten in einer Schicht - recht lange merkte ich kaum Besonderes. Ein irres Kartenspiel lief da zwischen ihnen. Ihrer Sprache nicht mächtig, konnte ich praktisch nur schätzen, worum es bei meist lautstarkem Palaver ging. Irgendwann gab es Krieg. Nicht nur der Zeitung war das zu ent-

nehmen - immer intensiver entluden sich Wortge-
fechte zwischen Kollegen. Die Pausenbude, sowieso von ekligem Zigarettengestank kontaminiert,
mied ich nur zu gern. Nach einer Weile kam ich
nicht mehr hinzu, wenn sie sich drinnen aufwärm-
ten. Alles zu unruhig und zu feindselig.

Nachts gegen drei Uhr war ich alleine im Hauptge-
bäude auf dem Weg zum Spindraum, bog etwas
müde um eine Ecke - mit Flachmann im Hals stand
unser Bergmeister mir gegenüber, unter seinen Augen liefen oben im Stellwerk sämtliche Rangierbe-
wegungen einer Schicht zusammen. Kräftiger
Schluck, glasige Augen. Vierzig Jahre älter, gut
fünfunddreißig Jahre Eisenbahner - er wusste, dass
dies keine Szene war, die für ihn sprach. Wir grüß-
ten uns nickend, der Bergmeister hatte irgendeinen
jovialen Spruch parat. Ich beschäftigte mich mit
dem Spindschloss, um mein Essen rauszuholen,
weil ich was zu tun brauchte, bemüht, diese unan-
genehme Begegnung herabzuspielen in die Tiefe
einer nie stattgefundenen Nichtigkeit. Nichts würde
dem Bergmeister geschehen. Ich hatte ihn überrascht. Er würde weiter trinken. Punkt.

Einige Jahre, unterbrochen von ebenso durchwach-
senen zwölf Monaten Grundwehrdienst, reihten
sich am Rangierbahnhof aneinander. Melancholie,
jedenfalls aus meiner Sicht, kam stets dann auf,

wenn alle Kollegen einen Güterzug abfahrbereit machten, also zwischen Waggonpuffern standen, um Kupplungen und Bremsschläuche zu verbinden. Meistens bekannt, welches Ziel der Zug ansteuern würde - immer war es: Raus hier, weit weg.

„Back to the Future", kribbelnd-nostalgischer Gedanke, so eine schniecke Zeitmaschine: Zurückkreisen, mein Schauspielstudium wirklich starten, Dinge probieren, Bühne, Fernsehen, ja klar - Kino! Nur diese eine Zeitreise - selbstverständlich mit Doc Browns DeLorean! Hinfahren und nachschauen, ob vor Jahrzehnten in Hamburg aus Schreiber vielleicht ein Schauspieler geworden wäre?

42195 METER

Als militanter Nichtraucher konnte ich schon mal beim matschigen Kinderwaldlauf tapferen 3. oder 4. Platz abstauben - durchaus interessant dotiert: Ein in seine Einzelteile zerlegbarer Minipokal plus brandaktueller Single „Du, die Wanne ist voll" (schmissig geschmettert von Helga Feddersen und Didi Hallervorden). Profifußballspielervornamen klangen so: Karl-Heinz, Klaus, Horst, Harald Anton, Ditmar, Hans-Peter, Wolfgang Felix, Wolfram. Lapidare Rückennummern - mehr nicht. Tattoos? Wofür? Und, was konnten diese Leute wetzen!

Survivor beschenkte seit „Rocky III" auch Freizeitsportler mit hilfreichem „Eye of the Tiger". Doch MP3-Player standen höchstens Astronauten zur Verfügung und Joggen mit kiloschwerem Walkman - für mich nicht praktikabel. Erwachsenen beim Kalauern zugehört: „Ein Mann ohne Bauch ist ein Krüppel." - damals schon fand ich das nicht lustig.

Traditionell war ich der dünnste Fußballknirps im Dorf, besser auch nicht bei Wind einzuwechseln. In verqualmter Kinderarztpraxis riet man meiner Mama, sie möge unseren Mahlzeiten ordentlich Butter unterjubeln - gesagt, getan. Secondhandstollenschuhe, platzierte Distanzschüsse, versierter Techniker - inkognito wäre ich schon fähig gewesen, F-Jugend-Partien locker aufzumischen, bald doppelt so alt wie diese Wühlmäuse. Nun, mein D-Jugend-Spielerpass war immer sauber, Malzbier strömte goldig, ungelenke Kinder am Ball waren nicht in Sicht. Aber schüchtern, der sensible Akteur - kurz vor Anpfiff eines jeden Punktspiels zischten erfolgsverwöhnte Mitspieler zu mir rüber: „… und mach's heut' endlich wie im Training! Geh' mal ran, hau' dazwischen!"

Diese Fußballwettkampfluft wurde schlagartig dünner. Viel mehr interessierten mich Filmbilder. Das runde Leder rollte auch ohne mich gen Herbstmeistertitel. Am flexiblen Zenit war meine Flattertrikotkarriere als rechter Verteidiger oder Teilzeittorwart beim SV Sülfeld Geschichte - leider ohne Abschiedsspiel. Spekulationen auf wohlfeinem Bravo-Starschnitt kippten allzu rasch.

Vom Dorf in die Stadt - da orakelte diese komisch gelaunte Schulärztin: „… wirst' um vierzig rum mit Kreuz zu tun bekommen." Ich ging laufen, noch ganz ohne Handy. Mit auf Tour: Perso, Krankenkassenkarte, Impfbuch, Röntgenpass, Zahnarztbonusheft, Blutspendenachweis, Sozialversicherungsausweis, heilige Kinotickets und mein Haustürschlüssel. Laufen durch Wald oder flirrende Gedankenwelt - mir schmeckte die Idee vom individuellen Tempo, wo keiner einen vollquatschte.

Und, dass Laufrunden stets abzukürzen waren, jeweils nach Tagesform. Zwingend erwartete niemand von mir eben mal New York zu gewinnen oder, wenn es denn passt, Olympia. In meiner Junggesellenbude gab es zur Morgenstund nicht selten kalte Pommes an Cheeseburgerruinen. Haferbreilangzeitreste konnte ich auch nicht wegschmeißen, spätestens am dritten Tage wurden Chargen gemischt, aufgewärmt und vertilgt. Fußball, Tennis, Golf, „Rocky"-Filme - sowieso würde ich nie irgendeine DFB-Quali abliefern, wohl kaum Wimbledon wuppen, Golfbooster zünden und sehr sicher keinen Boxkampf fighten. Gut, all das ließ sich erklären: Beim Kicken Rübe eingezogen - kam die Ecke auch ideal zum Kopfball gesegelt. Nur Federball praktiziert - mutlos ohne Becker-Rolle. Alle zwanzig Jahre mal Minigolf - so reichte es eben nicht. Erst recht nicht, wenn man „Rocky"-Filme nur als Filmnerd saucool fand, konsequent eingehüllt in vollgekrümelter Sofadecke. Laufen blieb schon ein Thema.

Ticktack, ticktack, 21. April 1996, 3:53 Uhr: Nur ein paar Stündchen vor meinem ersten Hamburg-Marathon liege ich wach, rede mir Zahnschmerzen ein - nein, die sind doch echt. Oben rechts. Bald wird es hell. Super, mit Zahnweh Sport machen - es gibt auch nichts Erquickenderes. Wo habe ich nur dieses Nelkendöschen? Blick ins Zimmer: Küchenzeilen-Grundreinigung - spektakulär überfällig. Für mich die wichtigste Erfindung unserer Erde: Geschirrspüler. Zahnschmerzlinderung muss her - klopfe gegen die fragliche Backe. Eine Patenttherapie soll daraus nicht reifen. Weg damit, Adieu, ihr Schmerzen, denn es gibt heute nur ein Ziel für diesen Marathon: Geschirrspüler, sorgenhäckselnder Abwaschterminator - so ein Teil fehlt hier. Kauf' ich mir! Gleich nach meiner Marathonsiegerprämie. Darf mich nur nicht von diesen Kenianern abhängen lassen.

Hamburg, Messegelände, enorm lange Warteschlange vor den Dixi-Klos. Notiz: Betrete diese mobilen Toilettenhäuschen nicht so gern, wurde früher einmal von Komikern samt ganzem Ding umgeworfen, Landung auf Türfront. Ein Trauma. Warten. Er, sie oder es muss wohl bald raus kommen. Dem Rohrbruch nicht allzu fern, spekuliere ich auch auf andere sich öffnende Türchen. Doch die Schlange vor mir liegt ebenfalls auf der Lauer. 3463, Schreibers Startnummer, zum Glück keine Wartenummer. Nun gut, mein Dixi-Klo-Vorbenutzer erscheint wieder im Tageslicht und wirft noch ein, zwei Papierknäuel zurück ins gute Stübchen. Macht nichts, ich tue es jetzt: *Endlich kann ich rein, zwar befangen, doch muss es sein, bin mit dieser Weisheit nicht allein - randvoll, vor der Strecke, jeder weiß - verklappe üppig allen Scheiß.*

Diese abgerupfte Klorolle gibt nicht viel her. Im Inneren meines Übergangsrefugiums höre ich eine muntere Lautsprecheransage durch aufgeheizte Kunststoffwände johlen - der Startschuss rückt wohl näher. Beeile mich, jetzt raus - mein Nachfolger hier drin kann jedenfalls auf kein Klopapier mehr hoffen.

Startblock, noch vier Minuten: dicht gedrängte Menschenmenge, überall ärmellose Trikots und Schweißgeruch. Irgendein Brustpelz kribbelt mich - Richtung Ohr. Man kann wahre Läufer-Cracks beim Präparieren ihrer Ausrüstung beobachten, das lenkt ab. Oder beunruhigt. Wie man es halt sehen mag. Jedenfalls - alles Haudegen. Ich hätte vielleicht mehr trainieren sollen. Vielleicht hätte ich überhaupt trainieren sollen - nicht nur Radfahren und mal n' büschn' joggen. Transportiert von lauen Winden transpirieren wir Läufer vor uns hin, Blicke, Vorfreude, Durchatmen, Hüpfen, Enge. Man kommt sich gar gefährlich nahe - ich hoffe auf den rettenden Startschuss. Peng. Und jetzt endlich mal ab dafür! Loslaufen. Abstoppen. Alle im Stau. Schuhe treten auf Schuhe - Andocken.

Es dauert ein entsetzlich langes Weilchen, bis sich das Läuferfeld auseinander friemelt. Weitertrippeln, zähflüssig. Ich will meinen Geschirrspüler haben. Kenianer, die Schnellen, sehe ich nicht - sind längst über alle Berge. Sie hatten bestimmt prominentere Startblöcke, warum auch nicht? Sind ja Profis, Daumen hoch. Mein pompös-aufgemotztes Dauerlauftempo fordert allzu rasch Tribut, bin natürlich viel zu schnell losgerannt - Anfängerscheiß muss als Diagnose reichen.

Kilometer 5: Trainingsrunden fühlen sich leichter an. Betriebstemperatur ist in Wallung, gerät wohl baldigst außer Kontrolle. Keine besonderen Vorkommnisse.

Kilometer 13, fühlt sich an wie Kilometer 19: Schütte mir aus knackenden Plastikbechern literweise Wasser über den Körper - stelle fest, dass meine antike Hose für sowas gar nicht gemacht ist. Seit allen Zeiten den mir gegebenen Dann-und-wann-Jogger-Body umschmeichelnd, ist sie jetzt auch gut mit Kühlwasser vollgesogen. Hochzupfen - schwierig bis aussichtslos. Auswringen - angezogen passiert da nicht viel. Kein Bock auf strippen - mitten im Läuferpulk. Geht nicht, gibt's nicht - was für ein bekloppptes Sprüchlein. Scheinbar mich mühelos überholende Marathonis gucken herablassend auf mein fast herabgelassenes Beinkleid - alles Neider. Wie die Schnecke ihre Schleimspur, so ziehe ich jede Menge kühles Nass achtern. Mein Laufen weicht sonderbarem Hüpfen, nervig. Beschließe eine von vier Sicherheitsnadeln, die meine

Startnummer am T-Shirt halten, zu opfern. Ziehe rechts über der Hüfte ein Knäuel Hosenstoff zusammen, versuche krampfhaft, die kleine Nadel hindurchzubugsieren und erfinde hier mal ganz nebenbei eine neue Art der Fortbewegung - brauchbar, wenn man es nicht eilig hat. Piks, Finger, Piks, wieder Finger, werde langsamer, werde gerempelt, muss neu ansetzen. Nadel Go, Zwirbel, Piks, Zwirbel - Treffer, dieses Mal wirklich auch durch den Hosenstoff und nicht vom Harnisch abgeblockt.

Kilometer 25, glaube ich jedenfalls: Es ist doch heute recht heiß. Hilfe in Sicht! Man hat die Wahl zwischen Bananen oder Weiterlaufen. Wundere mich, dass einige Runner vorne an der Verpflegungsstation vorbeirennen. Ich will Bananen, komme dem erfrischenden Fruchtschmaus näher. Direkt „am Buffet" wird mir einiges klar: Wäschewannen stehen auf Tapeziertischen, dahinter schnippeln emsige Helfer prächtige Bananen. Die gibt's aber noch nicht - vorerst solle man Vorlieb nehmen mit dem, was da in ausladenden Wäschewannen rumwabbelt: Hellbräunliche, gallertartige Masse, ursprünglich wohl Bananenhäppchen - durchaus kein Einzelschicksal. Zigtausend Läufer vor mir hatten, quasi to go, in diese Wannen gegrabscht - zurück blieb, tja, Pampe. Ziemlich harte Entscheidung jetzt, ob ich da hinfassen soll.

Lecker-Stückchen-rauspicken funktioniert nicht mehr - Gesamtkonsistenz ähnelt eimerweise frisch Erbrochenem. Mit Kopfschütteln und verkniffenem Blick rät mir ein erfahrener Läufer vom vermeintlichen Festschmaus ab. Ich stimme nach finaler Besichtigung zu. Nur los, mehr Strecke machen.

Kilometer ist-ja-auch-egal: Wadenkrämpfe. Selbstverständlich ohne Vorzeichen. Muss anhalten - irgendwie ungraziös „Maschine Stop". Die Menge hastet keuchend weiter - ja, doch, lasst mich nur zurück. Schmerzen, garantiert auch ohne Bewegung. Dagegen war das Zahnweh pillepalle. Verweile in der Mitte der Straße, bin so ein ungewolltes Hindernis für die Marathonis. Stehe auf dem linken Bein, umfasse mit rechter Hand rechtes Fußgelenk und ziehe daran, gen Rücken. Da tut sich nichts - außer eben: Schmerzen. Ein Läufer ruft, mich frisch umkurvend: „Hier sind nur Zweibeiner zugelassen!" Zack, weg ist er. Torfnase - soll im nächsten Dixi-Klo ersaufen. Mir fällt ein, dass ich momentan keine Oberschenkelbeschwerden spüre, sondern Wadenkrämpfe - ich lasse also das Bein los und starte eine Dehnübung, Richtung betreffende Wade.

Beschwingt fliegt sie vorbei - auf dem Rücken dieser Läuferin ist ein durchnässter Zettel angepinnt, Aufschrift: „Heirate mich, wenn du schnell genug bist!" Na, die hat Sorgen. Ich versuche wieder, so etwas wie „Laufmodus" herzustellen - es scheitert grandios und langfristig. Also vorerst weiterhumpeln. Hamburg - immer die Reise wert.

Irgendein bis zum Andromedanebel und zurück alkoholisierter Doppelspinner bahnt sich seine Schneise durch gemütlich am Straßenrand frühstückende Anwohner direkt auf mich zu - bedeutsam lallend: „… weißuuuuh, brauchst' Turbo!" Ich möchte zwar nicht, dass dieses Wesen mich anpackt, aber jener arg Unzurechnungsfähige scheint erwartungsgemäß in flirrender Mittagshitze völlig anders motiviert: „… kommmm, ich helf' dir, kommmm, geht los, geht los, geht los, geeeeht loooos!" Eingehakt hat es sich, dieses übel nach Fusel und Urin stinkende Geschöpf - meine vom allzu kumpelhaften Bodycheck vibrierenden Rippen stören mich über die Maßen. Wehklagen mag ich kaum, obwohl das gerechtfertigt wäre. Irgendwie fehlt mir aber auch die Kraft dazu. Zerrend schleift das Urviech meinen ausgeknockten Körper einige höchst unschöne Meter, tja, vorwärts. Keine Ahnung, wie mir die Flucht gelang - wahrscheinlich plumpste der hochprozentige Samariter über seine eigenen Füße und ließ von mir ab.

Wandertag-Restdistanz: Nur noch „gehen", besser gesagt hinken, schlurfen, eiern, torkeln, weiter dem mit blauer Farbe markierten Streckenverlauf entlang - sehe drei Leitlinien da unten, nehme verlockende, mittlere Spur. Die Freundin eines guten Freundes ortet mich on the road und eilt zu Hilfe. Mittagspause hätte sie, wie sie freudig hervorsprudelt. „Is' ja schön.", mehr kriege ich nicht hin. Apropos Sprudel: Aus einer Umhängekühlbox zaubert sie eine funkelnde Mineralwasserflasche hervor und lässt das gute Stück zu Boden krachen. Kristallscherben, perlendes, kühles Nass überall auf sengendem Asphalt. Nur mir erscheint auch noch ein Regenbogen. Wasserdampf steigt auf. Sonst unterhalte ich mich gern mit einer Freundin eines Freundes - momentan möchte ich es lieber nicht. Also tschüß und weiter. Irgendwie weiter, Richtung Ziel, Richtung Fernsehturm. Von fern sieht man diesen Turm schon länger - näher kommt der aber nicht, man kann hier noch so viele Kilometer fressen. Und wieder zieht dieser 170Jährige Greis an mir vorbei, schnaufend wie Dampflok Emma. Verrückt, aber: Ich sehe ihn nur von hinten, auch nicht zum ersten Mal heute.

Kilometer 42: Nur noch 195 Meter. Und nie sollte man 195 Meter läppisch unterschätzen - jedenfalls dann nicht, wenn bereits 42.000 Meter in allen Knochen stecken. Bestens gelaunte Trommler bearbeiten ihre Instrumente. Verdammt heiß, laut, noch heißer und richtig schön dieses Hamburg.

Im Ziel: Wundervolles Piepen - die Zeitmessungs-Chips, festgeschnürt an tausenden Läuferschuhen, lösen beim Überqueren von Kontrollmatten das Finisher-Signal aus - endlich durch! Bewegen, gehen kann ich nur staksig, etwa so wie C-3PO.

Da springt einer von hinten heran, tippt mir auf den Rücken: Ein guter Freund, er streckt hero-posend seine Buddel hoch, „Isotonic Power" steht drauf in sportlich-zackigen Lettern - korrekten Inhalt stufe ich nach vollmundigem Runterschlucken so ein: Brühwarme Plörre. Schadenfreudig grinsend klopft er mir wohldosiert und gezielt auf eine der schmerzenden Schultern, was ja im Grunde wenig ausmacht, denn Schmerzen empfinde ich überall. Egal, bin froh, ihn zu sehen. Wie denn meine Zeit ist, will er wissen. „Och …, geht mir ja hier nicht um ne Superzeit. Durchkommen, das wollte ich!" 4:33:37 netto, Platz 6.532 - neuen Geschirrspüler kann man so natürlich abhaken. Nächstes Jahr greife ich wieder an. Obwohl die Vorstellung, so frisch danach, gruselig ist. Im Ziel denke ich bei mir, „Nee, bloß nie wieder Marathon.", aber nach ein paar Monaten trifft es per Post ein: goldiges Anmeldeformular. Man füllt es aus, schickt das Teil ab, wartet, läuft auch mal wieder, wird langsam aber sicher raschelig und bekommt mit vorzüglichen Schmetterlingen im Bauch die Startunterlagen zugeschickt. Ihr Kenianer, warm anziehen!

METROPOLIS `78

Berlin, 14. Februar 2012, Schwarzes Café. Treffen mit Hans Piesbergen. Haben uns seit legendärem „Micky, 30" No-Budget-Drehtag, der über zwei Jahre zurückliegt, nicht mehr gesehen. Beim Kakao schnacken wir über meine erste Zaungast-Berlinale mit 41+ und, na klar, über Schauspielerleben. An Hans (freue mich, sein Zeitgenosse zu sein) erinnere ich mich immer gern. Unvermeidlich blenden wir auf diesen Hamburg-Dreh zurück, bei dem so manches schief ging - doch Hans war milde mit einem Wald-und-Wiesen-Kurzfilmer wie mir:

Hamburg, 11. Dezember 2010, Gänsemarkt 43, Geschäftshaus. Wir wuchten Catering-Kisten, medizinische Fachbücher, Organ-Torso und allerhand Equipment aus dem Kofferraum heraus zum Eingang. Oben im 6. Stock hat mein guter Freund Heiner seine Büroräume zur Verfügung gestellt - alle Motive unter einer Haube: Korridor, Besprechungszimmer und das Dach. Okay, Drehgenehmigung für's Dach haben wir nicht, ist auch verdammt hoch, man kann weit gucken, genau richtig. Kleiner ernster Film. Ich trage extra mein „Star-Wars-In-Concert"-Glücks-T-Shirt. Vier Büroarbeitsplätze müssen erstmal ratzekahl geräumt werden, nach Drehschluss soll jeder Kuli wieder an originaler Stelle liegen - unser Gastgeber schießt vor Umbau gute zweitausend Detailfotos.

Unsere Schauspieler Mieke Schymura und Hans Piesbergen treffen ein, ich finde ja beide gut! Bis dahin hatten Hans und ich nur Telefonkontakt - er ist in eine Art „Zaubermantel" gewandet, cooles Teil. Baustrahler heizen das Behandlungszimmer-Set auf tropische Verhältnisse - noch flink Aufheller basteln, unter Verwendung von bröseligem Styropor. Kostümauswahl mit Mieke (Micky) und Hans (Dr. Krauss). Wir starten - Dialog-Szene: Regie macht sich nicht eben mal von allein. Mieke im Lachflash (ob des seltsamen Textes), ich bin ratlos, Hans fängt seine Kollegin nach gefühlt elftem Anfall souverän wieder auf.

Über den Dächern Hamburgs: Verzweifelt rennt Micky eine Stahltreppe hoch, schreit, wirft ihre Jacke weg, weint, ist am Ende, klettert über das Geländer, nähert sich der Kante - ich umkreise sie dabei auf 360°-Michael-Ballhaus-Art. Richtig kalt dort oben, etwa fünf oder sechs Takes, dann huschen wir frierend wieder rein. Drinnen rühren emsige Catering-Wichtel dicke Kartoffel-Krabben-Suppe um. Mieke und Hans müssen abends ihren Zug nach Berlin bekommen - hoffentlich packe ich es, alle Bilder abzudrehen. Bei Großen sieht genau das immer so leicht aus. Muss viel zu oft aufs Klo. Mein Freund Heiner, mein Location-Manager für diese Sause hier - etwas bedröppelt ruft der mich zu sich, ich solle mal rausgucken, da wolle jemand was von mir. Wir sind im 6. Stock - warum zum Veluxfenster und mit wem denn reden? Ich sehe raus, kann diesem Feuerwehrmann fast meine Hand reichen - ziemlich ungehalten ruft er von seiner Korbleiter, „was denn wohl hier oben los sei?!" Dass wir hier „nur drehen", schwöre ich ihm. Genervt deutet unser Feuerwehrmann nach unten, ich lehne mich vor, gucke runter - welch' gigantische Leiter! Sein Feuerwehrtruck in der Tiefe hat nur Spielzeugmodellgröße! Huch, da sind auch zwei Rettungswagen, jede Menge Polizei und etwa dreihundert Schaulustige - der weihnachtliche Gänsemarkt ist großzügig abgesperrt. Leute starren gebannt hinauf (wie damals, Metropolis ´78, Superman rettete in letzter Sekunde Lois Lane vom Daily-Planet-Tower, samt demoliertem Heli). Ich meine, vereinzelt unten Blitzlichter zu erkennen. Christopher Reeve fehlt hier und heute.

Mulmigen Bauchgefühls endloses Treppenhaus hinunterhetzen (Aufzüge behagen mir nicht) - was nur sage ich zur Polizei?! Wünsche mir John Williams und das London Symphony Orchestra herbei: Dann wäre vieles plausibler, „Superman"-Szenario plus all diese Statisten auf der Straße inklusive. SlowMo-Sekunden später stehe ich bibbernd vor „unserem Wolkenkratzer" vier Metropolis-Cops der Wache 14 gegenüber, man notiert nüchtern-hanseatisch meine Daten - und die ganze „Falscher-

Alarm-wegen-Film-(beinahe)-Verzweiflungs-sprung"-Historie. Halb Hamburg drängelt sich gaffend und fröstelnd hinter den Absperrungen - mit Grausen überschlage ich höchst phantasievoll die üppige Einsatzrechnung, inklusive Materialschlacht und versuche, das Autohupkonzert im Kopf runterzupegeln. Welcher Depp hat (wohl durchs ungeputzte Fernglas) nicht bemerkt, dass es da oben nur Dreharbeiten waren!? Unangemeldete Dach-Dreharbeiten, okay. Ich smile zur Feuerwehrtruck-Besatzung rüber, die ihren Kollegen gerade wieder nach unten holt - Nullreaktion, dann wenden die sich ab. Mein Freund, dessen Büroräume wir nun wohl einmalig nutzen durften, ist jetzt auch da - er sieht nicht glücklich aus. Keiner sieht hier glücklich aus.

Berlin, 14. Februar 2012, immer noch Schwarzes Café. Es kam nie eine Einsatzrechnung - wow, Schwein gehabt. Unsere Kakao-Session zahlt natürlich Dr. Krauss. Draußen vor der Kneipe knipsen wir ein Handy-Remember-Photo und beschließen, mal was Lustiges zu drehen. Dann verabschieden wir uns beim Zoo-Palast. Ich gucke Hans hinterher: Geschäftige Passanten, umherwimmelnde Komparsenarmee, da ist Hans auch schon weg, großes Berlin - bin schlicht zu selten hier. Ey, Berlinale, Meryl Streep ist in der Stadt! Die ruf' ich gleich mal an. Vielleicht mag sie brunchen?

LLOYD

(Auszug: Häppchen-Epos „Out of Dulsberg")

Dulsberg schläft den Schlaf der Dulsberger - doch hinter diesem Fenster vom alten Backsteinblock, Hupkaustraße 24, III. Stock, links scheint jemand nicht zu wissen, dass es zu dieser Stunde so gehört. Knips, jetzt ist die Lampe aus, aber ganz dunkel wird der Raum nicht - Nachtschicht beim Wald- und-Wiesen-Autor, Sternstunde vom lupenreinen Blockbuster, unverfilmbar gibt es nie. Mega-Budget- und popcorn-pflichtig. Extrem fahrlässig, später im Kinosessel die Sechs-Punkt-Anschnallgurte nicht zu würdigen. Michael Bay, Martin Scorsese oder Tykwer können mal einpacken, denn Hupkaustraße 24 markiert ab sofort kultverdächtigen Schriftstellerwallfahrtsort, auch das Eldorado seliger Filmproduzenten. Niemand außer einem Bewohner weiß darum: Nachts in Dulsberg ist alles möglich.

Eine Word-Datei schimmert als winzige Lichtquelle durch das kleine Zimmer - Einfinger-Tipp-Modus-Befürworter Jens Kollow hockt über altgedientem, verschrammtem MacBook, wie die nervöse Katze, nur Hundertstel bis zum Sprung. Bilbo Baggins, Peter Fallow, Ernie Souchak - sie alle bezwangen bitterste Schreibblockade. Ob unser Jens ganz ähnlichen Triumph heute früh auch feiern kann, weiß er noch nicht. Man weiß es ja nie - Verdacht auf Spätzünder?

Ein guter Schluck schalen Malzbiers - immer noch schmackhaft. Ganz früher war Omis Zuckerei der Drink, bei dem Jens in Traumwelten verschwand. Lang her. Gras rauchte Jens nie - angeraten hatte man es ihm bei jeder Gelegenheit. All diese phantasielosen Tölpel! Des Zuckerei Vermächtnis bleibt Malzbier - Kollow bleibt Kollow.

Übelste Schreibblockade weg - jetzt! Schreiben. Für Geld? Kaum. Eventuell später verwendbares Storymaterial, Kritzeleien auf Karopapier oder Mahnungsrückseiten hortet Jens in einer zerbeulten Blechbox. Nie was weg tun, irgendwann braucht man genau diese Fetzen. Immer, wenn selbst keine neu rein gefummelte Figur die Geschichte anschiebt. Immer dann, wenn sich nach zwei Wochen der ganze Mist nicht mehr lesen lässt. Ziemlich strange Szenen tippt Jens sicherheitshalber gleich rein, heute wieder mal in die Datei „Roman-Opening.doc" - dort drin findet sich so einiges Zeug, ob nun schon X-Mal durch den Drucker gejagt und wild korrigierend drübergepflügt oder nicht:

Recht bizarr, dass Lloyd hier relativ klar denken kann. Eben noch war er unfähig, seinen Namen herauszupressen - gefragt hatte ein Gammler mit übler Mundfäule, der sich gebrechlich zu Lloyd niederkniete und ihm die Brieftasche zockte. Es goss wie aus Kübeln in dieser Nacht. Keine Minute ist das her. Warum regnet es denn hier nicht?

Lloyds Sturz im Alkoholrausch schmerzte kaum. Extreme Fettleibigkeit fraß er sich ungehemmt über Jahrzehnte an. Sein Mantel war voll gesogen mit Pfützenbrühe, Lloyd lag nur so da. Des Gammlers Gebiss stank zum Davonlaufen - ein frommer Wunsch. Chance weg, Brieftasche weg, Gammler weg - Lloyd entweicht seiner vergifteten Körperhülle. Gullis laufen über, Schmutzwassermassen fluten Hinterhöfe, Strassen und Lloyds Leiche. Am Bug schießen dreckige Fontänen zu allen Seiten - ein Brauerei-Laster rauscht mit hart arbeitenden Scheibenwischern durch das nächtliche Viertel. Exakt an der Stelle, wo Lloyd verstarb, rumpeln mächtige Lkw-Achsen über etwas hinweg. Sein ewiges Feierabendbier, Lloyds Hausmarke, tonnenweise festgezurrt auf der Ladefläche. Was für ein Tag. Wieder alles bekloppt - getoppt vom finalen Suff. Das war also der ganze Trubel, die Chance zu leben und ein wertvoller Teil der Gesellschaft zu werden.

Oben angekommen, erkennt Lloyd einen Angestellten. „Wolkencoach Roger" - dieses Namensschild

ist prägnant und rätselhaft. Roger bemerkt seinen Gast, steht auf und kommt zu Lloyd herüber. Drahtig, lächelnd, schneeweiße 1A-Zähne, Geheimratsecken - der Mann macht Eindruck, trägt einen spiegelnden Umhang und wirkt ehrlich erleichtert:
>>Hallo Lloyd! Ich bin Roger, dein Wolkencoach! Jetzt bist du da!<<

Jens stoppt das Tippen, schaltet Kopfkino auf SlowMo und lehnt sich berechtigt stöhnend zurück - schon seltsam, diese Szenerie zwischen beiden Fremden: Lloyd könnte fragen, ob er hier auf dem Planet Krypton gelandet sei, weil alles so unwirklich anmutet und Rogers Klamotten stark an einen Film erinnern, den Lloyd früher - Stopp, denn sonst würde hier stehen:

Lloyd weiß nicht so recht und fragt:
>> Jor-El?!<<
Ein Wolkencoach ist mit allen Wassern gewaschen - mit fast allen, denn Roger kneift sich kurz irritiert, um dann anzumerken:
>>Brandos Jor-El aus dem Richard-Donner-Film? Nein, nenn' mich Roger!<<
>>Du bist Roger ..., mein ..., Wolkencoach?<<
>>Korrekt, Lloyd. Immer anstrengend, dieses Namens-Pingpong am ersten Tag!<<

Roger knufft Lloyds massigen Speckgürtel. Ganz plausibel ist das alles noch nicht für den Neuankömmling.

>>Seltsame Bude, schräger Typ.<<

Verschmitzt tippt Roger gegen Lloyds Mantel.

>>Schon zwei andere reisten heute hier an, mit ihren gewöhnungsbedürftigen Gewändern von unten. Ich kläre das.<<

Lloyd friert in den nassen Sachen, vom Mantelstoff tröpfelt schmutziges Pfützenwasser.

>>Was genau ..., was ..., wo sind wir hier ...?<<

Moment, Fantasy-Guru Jens P. Kollow sackt erneut nach hinten in seinen quietschenden Schreibtischstuhl: >>Lloyd kommt mit irgendeinem Nerdkram um die Ecke - und Roger geht drauf ein, zwar diplomatisch, aber immerhin!? Tja, hätte ich doch diese Background-Karteikärtchen zusammengeschustert. Mache ich morgen als erstes, bediene mich wie beim Frühstücksbuffet - Backstory-Universe!<<

Ploing - ein angerosteter Flaschenöffner fällt aus Lloyds Klamotten und durchdringt das, was Lloyd für den Fußboden gehalten hatte. Er steht zwar sicher, doch vom Flaschenöffner ist nichts zu sehen, verschwunden im Etwas mit sonderbarem Geräusch, wo kein Geräusch zu vermuten wäre. Roger winkt Lloyds unvermeidliche Frage ab:

>>Alle rätseln erstmal! Hier ist oben, unten war dein Leben. Unten ist alles für dich vorbei. Lass uns gehen, du hast sicher einige Fragen, machen wir alles unterwegs, komm!<<

Wie ein Kumpel packt Roger Lloyds Schultern, dreht ihn herum und marschiert mit ihm los, durch einen schwach beleuchteten, aber einladenden Korridor. Lloyd wartet nicht lange:

>>Wo jetzt hin?!<<

>>In Bewegung bleiben!<<

Rogers lockere Art verblüfft Lloyd. Es ist wahrlich wie am ersten Tag im neuen Betrieb, man will nicht mit Unwissenheit beeindrucken. Lloyd guckt unterwegs in sein Spiegelbild auf Rogers Umhang. Er spürt, Roger schenkt jedem Vertrauen, sofort. Unten war es härter.

Der Korridor mündet in den großzügigen Salon - spartanische Koexistenz von Schöner Wohnen und abstrakter Malerei, dazu Licht aus dem Oeuvre Terry Gilliams. Lloyd staunt, Roger verkündet:

>>Hier endet das, was Menschen als Zeit empfanden. Ach, als ich dich eben flott zum Gehen aufforderte - mir war nur kalt, vorne beim Empfang zieht es immer so.<<

>>Gewiss<<, bemerkt Lloyd und lächelt Roger übertrieben wissend an. Wolkencoach und Neuankömmling durchschreiten den Salon, passieren einen wehenden Vorhang, direkt auf die schmale

Gangway zu - hier herrscht hallender Arbeitslärm, der sich mit jedem Schritt steigert: Es ist ein Atrium mit extrem hoher Kuppel. Für Lloyd war bereits die Sache am Empfang zuviel. Und jetzt ist er im Himmel. Oder doch bloß Nahtoderfahrungen, die niemand Lloyd, dem Spinner, unten abkaufen würde - keine Kathedrale dort auf Erden kann es hiermit aufnehmen.

>>Du musst dich damit nicht belasten. Du kehrst nicht zurück.<<

Rogers Worte fühlen sich seltsam und gut an - Lloyd bleibt stumm.

Suchend blickt der Wolkencoach hinauf und gibt einem Arbeiter weit oben ein kurzes Handzeichen. Man hat verstanden und erwidert. Lloyd verlangsamt seine Schritte - Roger geht gemütlich weiter:

>>Schön, dein Mantel ist auch wieder trocken.<<

Es stimmt, Lloyd guckt langsam an sich herab. Als Neuer will er nicht trödeln und trabt hinter Roger her, aber nach wenigen Metern stockt Lloyd wieder. Da ist ein nie zuvor gehörtes Geräusch - die majestätische Förderanlage stößt oberhalb der Gangway zwei furchtbar durch Mark und Bein quietschende Luken auf. Roger verzieht ahnend das Gesicht. Verdutzt schüttelt Lloyd den Kopf und will auf die Förderanlage zeigen, lässt es aber, weil er beide Hände zum Schutz seiner Ohren braucht:

Mit mechanischem Grollen beginnt das Förderband zu arbeiten - aus dem tiefen Kanal scheppert und knirscht es. Lloyd presst die Hände noch stärker auf beide Ohren. Das Förderband ist übervoll mit aneinander gereihten Köstlichkeiten - nur Augenblicke später haben die ersten Torten, Fischklöße, Steaks, Aufläufe, Puddingträume und Burger den Knackpunkt oben am Ende des Förderbandes erreicht. Lloyd schluckt - im freien Fall tänzeln sahnige Torten melodramatisch durch die Luft. Auch Fischklöße haben ihre Fahrt hinter sich und plumpsen hinab, dicht gefolgt von Schnitzeln in kurzweiliger Formation.

Roger beobachtet Lloyd, der immer wieder kopfschüttelnd hin zum Förderband, dann rüber zu Roger guckt. Verrückte Show. Es zwirbeln kiloweise Currywürste, donnern Marmorkuchen, rotieren Canapés und eiern schwere Schokoriegel durch das Atrium hinab. Auch zischen gut portionierte Eisbomben an Lloyd vorbei - wie ein Schlafwandler tappt er am Geländer entlang, seinen verwirrten Blick nicht abwendend vom furiosen Schauspiel: Knusprige Hähnchen, saftige Fruchtsalate, dicke Muffins, Geschnetzeltes, Käsesoßen, Salamikeulen, Schichtnougat, Croques, Vinschgauer, Fladenbrot, Meterbrot, Toastbrot, Zwiebelbrot, Graubrot, Knäckebrot, Paprikabrot, Ruchbrot, Schmetterlingsbrot, Sauerfleisch, Dampfnudeln, Backschinken, Aufläufe, Gulaschbrocken, Bayrisch Crèmes, Butterreisregen, Spaghetti und satte Bratkartoffelteppiche sausen massig an der Gangway vorbei in ein mittlerweile brechend gefülltes Sammelbecken von gut vierzig Metern Durchmesser und vierzig Metern Höhe.

Hoch oben in der Anlage regt sich noch mehr, es rumpelt und vibriert - über dem Förderband thront eine mächtige Zisterne. Das schwere Ventilrad beginnt mit schneller Drehbewegung und ruckelt dabei mehr als heftig. Roger wirkt plötzlich ungehalten. Er macht sich rasch eine Notiz auf seinem Block. Die Zisterne bollert jetzt sehr bedenklich - mit Überdruck schießt hektoliterweise Flüssigkeit, gleich einem tosenden Sturzbach, Richtung Sammelbecken. Das sämige Gemisch aus fetter Milch, Säften, Bieren, Weinen, Cognacs, Whiskeys und billigster Limonade versprüht eine Tropfenmixtur, die kaum abstoßender stinken könnte. Lloyd weicht etwas zurück. Es will von da oben nicht enden. Instinktiv testet Lloyd mit seiner Zunge vorsichtig, was da an ihm vorbei rauscht. Kleinste Spritzer erzeugen Ekel. Roger stemmt beide Fäuste in die Hüften, zwar unzufrieden, aber auf seine Art doch diplomatisch. Eine schwere Ladung passierten Kompotts aus irgendetwas Fruchtigem spuckt die Zisterne noch aus, dann nimmt der kräftige Schwall kurz ab.

Es gurgelt unschön. Wolkencoach Roger seufzt und zückt wieder den Notizblock. Beim Lippenaufeinanderpressen ahnt Lloyd, es ist noch nicht vorbei. Die mittlerweile ausgebeulte Zisterne bäumt sich schon wieder auf - dröhnendes Donnern bricht durch das Atrium:

Jetzt plätschert wenig farbenfrohe Schlacke aus Babybrei, Haferflocken und Eierlikör an der bekleckerten Gangway hinab in die Tiefe. Es dauert. Die Zisterne ächzt. Minutenlang, obwohl das mit dem Thema „Zeit" ja völlig irrelevant hier oben ist. Nur noch Dünnes rinnt am Schluss, bis auch das gurgelnd versiegt. Lloyd schaut in die Tiefe - weit unter ihm: Die pampige Masse im überschwappenden Sammelbecken blubbert und wälzt sich schwer zu allen Richtungen. Roger schreitet die Gangway zurück bis auf Lloyds Höhe. Dann berichtet er leise:
>>Alles, was du jemals zu dir genommen hast - vor dem Verdauen, versteht sich.<<
Lloyd nickt, ohne wirklich zu begreifen. Über der Gangway wird die Förderanlage eingefahren, krachend schließen beide Luken. Roger überbrückt Lloyds Nachdenklichkeit mit trockenem Charme und verweist auf seine Notizen:
>>… aber mit der Technik muss ich reden, da lief einiges falsch! Die Jungs müssen ihre Anlage warten, die Zisterne macht mir Sorgen!<<

Als unter dem Sammelbecken ein anstrengendes Pfeifgeräusch lostönt, erschrickt Lloyd wieder - irgendetwas geht da vor sich. Benommen wagt er einen weiteren Blick: Der Füllstand im Sammelbecken sinkt beträchtlich, Dampf wabert hervor, schwere Mechanik arbeitet. Lloyd verspürt seinen kratzenden Hals. Für Roger ist dieser Vorgang Routine, professionelles Arbeiten - verwunderte Mienen gehören zum Wolkencoach-Job.

Das Sammelbecken läuft endgültig leer, der Schlund hat diese undefinierbare Substanz geschluckt. Mit dumpfem Schließgeräusch verriegeln Luken und Abflussrohre. Lloyd blinzelt runter und knabbert an seiner Unterlippe. So still wie jetzt war es seit seiner Ankunft noch nie. Wolkencoach Roger zwinkert Lloyd herüber:
>>Ist für alle die erste Station hier. Wir gehen mal weiter, okay?<<
Ein Ortswechsel kommt Lloyd sehr gelegen - etwas unsicher folgt er Roger zum anderen Ende der Gangway. Eine „Weichzeichner-Schleuse", oder was auch immer, fährt hoch und beide treten ein. Das Schleusengebilde verschmilzt hinten wieder mit der Umgebung. In Lloyd steigt Platzangst empor. Doch schon schimmert die Weite vom mächtigen Balkon hindurch. Lloyd hält die Luft an - er und Roger betrachten ein endloses Wattewolkenmeer. Man kann weit gucken.

Ein winziger Punkt am Horizont. Zuerst ist es nur schwaches Rauschen, ein brummiges Dröhnen übernimmt - Roger warnt Lloyd behutsam vor:
>>Oh, da kommt die ..., ja, es müsste die Emirates sein.<<
Der bullige Jumbojet wird immer riesiger, lauter, frontaler und schießt am Balkon vorbei - Lloyds Kopf kann kaum mitschwenken, Roger bleibt locker, Lloyd taucht ab. Die Lärmwellen vierer Monster-Triebwerke röhren lange nach. Roger guckt der Emirates hinterher:
>>Die Crew kenne ich! Gute Leute! Haben noch Zeit.<<
Lloyd taucht wieder auf - als Frischling darf man spätestens jetzt schon mal Contenance verlieren:
>>Der ..., der wäre hier fast reingekachelt! Seid ihr irre!?<<
>>Gar nichts kachelt hier rein - und wenn, dann ändert es auch nichts.<<

Wahrlich in sich ruhend: Wolkencoach Roger. Jens mag ihn. Und Lloyd wird es bestimmt cool finden, wenn er mit sauberen Klamotten wieder runtergeschickt wird, um in seinem ehemaligen Leben Dinge gut zu machen, die vorher gar nicht ... - ne, ach, Quark, das gab es schon bei „Always". Doch dieses Schmetterlingsbrot - bestimmt lecker. Seinen Roman begleitend könnte Jens auch das „Wolkenküchen-Kochbuch" kreieren - ganz neue Leserschaft würde aufspringen. Ein letzter Schluck, dann drückt Jens den Kronkorken auf die Flasche zurück. Einkaufszettel für morgen: Malzbier und frische Ideen.

WILKENS MACHT DEN UNTERSCHIED

(Auszug: Häppchen-Epos „Out of Dulsberg")

Sonntagvormittags hat Pastor Wilkens seine Dorfgemeinde fest im Griff, das weiß man. Nüchtern sollen alle Anwesenden auf den Kirchenbänken Platz nehmen - dem Hirten ein dringendes Anliegen. Wilkens' Bekehrungsgesprächsrunden in rein privaten Momenten müsse man sich auch nicht unbedingt aussetzen. Konfirmandenunterricht, ebenfalls berüchtigt - von älteren Mitschülern hat Jens ungezählte Anekdoten über den Dorfpastor, dessen Regentschaft nun schon Jahrhunderte andauert, vernommen.

>>… sonst kommt ja zu deiner Beerdigung auch kein Pastor.<<

Mit dieser simplen aber kompromisslosen Feststellung versucht man 1985 mütterlicherseits, bei Jens natürliche Begeisterung für vermutlich langatmige Teilnahme am Konfirmandenunterricht zu wecken. Jens las Bravo, verlor gern beim Flaschendrehen und fuhr nach Schulschluss Zeitungen aus. Fußballtraining dienstags, Konfirmandenunterricht mittwochs - rein aus Terminlage wäre das schon machbar. Jens' Mutti meint auch:

>>Opa fände es gut. Und Vati. Mir wäre auch wirklich sehr dran gelegen, wenn du das mitmachst.<<

Anarchischer Mutterwitz, so könnten Gelehrte eine Einstufung vornehmen. Ganz aus freien Stücken hätte Jens kaum jene alternative Freizeitgestaltung mitgetragen - Rebell des Dorfes, bis die Leute so über ihn sprechen würden, liegt zweifellos ein sehr langer Weg vor ihm und diesem Fleckchen Erde.

Mittwochabenddämmerung, in das verschnarchte Dorf kehrt Ruhe ein. Abgehalten wird der viel besprochene Konfirmandenunterricht von jeher bei Pastor Wilkens zu Hause im Horrorbunker - diese Pastorenfamilie wirkt wie völlig frei erfunden. Zu Spitzenzeiten finden sich fünfzehn Teenies ein, die da hocken und der Bibel lauschen. Nicht selten trägt ein jeder Bibel-Lehrling eigens vor, nicht ganz freiwillig - altertümliche Sprache steckt voller Merkwürdigkeiten. Besonders, wenn man ernst bleiben muss. Alle Konfirmanden müssen Pastor Wilkens eine elterlich unterzeichnete Entschuldigung präsentieren, fehlte man letzte Woche - da ist er eisern. Nachtragendes Hinterhertelefonieren gehört ebenso in Wilkens' Überwachungsstaat. Besser, man versäumt hier nichts vom Stoff - schroffschulmeisterlich Abfragen tut Wilkens nur zu gern, sein Sympathie-Level dabei: gut im Rennen zwischen Hornisse und Darth Vader. Verfügte Wilkens über einen Lügendetektor, würde die Maschine ohne Pastorenwimpernzucken zum Einsatz kommen. Mit imaginärem Interesse bereichert also auch Jens diese pubertäre Runde - man kennt sich spätestens vom Schulhof, andere Gesichter hat Jens noch seit Kindergartentagen parat. Alle strandeten immer mittwochs hier. Irgendwann.

Aus früheren Zeiten stammt Jens' erste Konfrontation mit Pastor Wilkens, wenn auch nonverbal. Es ist Heiligabend. Jens ist vier, er sitzt im Kirchenschiff am liebsten direkt neben der Orgel. Feierlich stimmt Pastor Wilkens den Kirchenchor an - alles, was da gesungen wird, klingt magisch mit vier Jahren. Es ist so gemütlich, dass Jens eindöst, angelehnt an die Omi vom Wursttresen des kleinen Tante-Emma-Ladens. Jens schnarcht. Der greise Organist trägt seine große Brille noch auf der Nase. Die Orgel klingt gut: „Stille Nacht, heilige Nacht". Nur das gesteigerte Schnarchen von Jens verleitet dazu, dass der Organist kaum konzentriert die Noten fixieren kann - je ergreifender das feierliche Tastenspiel inklusive Chor voranschwebt, umso lockerer sitzt die Brille vom schwitzenden Orgel-Kämpfer. Kaum zu ertragen, schön ist anders - dramatisch klecksen Schweißperlen durch die Furchen im Gesicht, hinab auf zittrige Greifarme. Mutti und Vati sitzen irgendwo und kriegen nichts mit. Liebevoll amüsieren sich ganze Bankreihen über Klein Jens. Pastor Wilkens mag vor seiner weihnachtlichen Gemeindeschar nicht dazwischengehen, obwohl er wie elektrisiert bebt - dieses schlafende Kind, dieser miese Jens Kollow, gleich neben der „kaputten Orgel", torpediert die Wilkens-Show!

Das „Stille Nacht, heilige Nacht"-Finale treibt immer näher - Jens krächzt. Plötzlich rutscht die Brille von der Nase des altgedienten Organisten und fliegt runter auf höllisch schiefe Tasten - allein dies erzeugt Missklang, aber der hastige Versuch des gestressten Greises, so rasch wie möglich nach seiner Brille zu grabschen, fordert dann von den Zuhörern alles ab. Das Krawall-Schnarchen des kleinen Jens ist dem Finale ebenbürtig. Zum Ausklang übernimmt weiches Pusten, kaum mehr hörbar. Festliches Publikum amüsiert sich reihenweise darüber. Wilkens muss jetzt alles daran setzen, um diesen Abend zu schaukeln - nur die anschließende Weihnachtsgeschichte kann ihn retten. Wundersame Geschehnisse aus Bethlehem. Wilkens ist Profi, er hat sein Publikum wieder - still, andächtig, friedlich, es strömt sanfte Faszination.

Am Ende der recht langgezogenen Weihnachtsgeschichte: Jens erwacht, schreckt hoch und beginnt, heftig zu klatschen. Er, der kleine Junge heimst hier die Schmunzler, die Lacher, die ganze Zuneigung des Dorfes ein. Niemand beobachtet Wilkens. Gefasst, aber innen böse brodelnd, fixiert er jenen Dreikäsehoch, der gerade von seiner Tante-Emma-Omi so lieb getätschelt wird. Die Menge ist entzückt. Im Freudentrubel guckt Jens strahlend umher - an Pastor Wilkens' verächtliches Gesicht erinnert er sich immer wieder, all die Jahre über.

Und jetzt sitzt man hier im Wilkens-Refugium wegen Konfirmandenunterricht am Wilkens-Tisch, Jens versucht es mit gerader Körperhaltung. Die Tür zwischen Unterrichtsraum und Flur ist ein knarrendes Modell mit geriffeltem Milchglas. Irgendwo dahinter liegt das Niemandsland.

Pastor Wilkens zieht mit seiner seltsamen Frau zwei noch seltsamere Kleinkinder heran, beide Bälger machen heute wieder Alarm im ganzen Haus. Pures Leben. Jedenfalls dort hinten, wo diese zwei Berserker ihren Krawallradius behaupten. So sollte das natürlich sein - würden auch Nichteingeweihte jene Anzahl aller Schreihälse auf gut und gern fünfzehn, sechzehn schätzen.

Im Unterrichtsraum riecht es muffelig, auf diesen quietschenden Stühlen ertrugen bereits Generationen von büffelnden Konfirmanden Wilkens' Lehren. Er ist mit Schulhausmeister Bönning gut bekannt, von ihm bezieht der Pastor seit Anbeginn seines Gemeindedienstes ausrangiertes Mobiliar. Wilkens legt Jens einen Bibeltext unter die Nase. Der furchig-abgegriffene Einband vom dicken Buch hat unzählige Gottesdienste absolviert. In dieser speziell zu entziffernden Bibel verwirren den ungeübten Leser zwischen jeder zweiten Zeile grob hineingekritzelte Anmerkungen Wilkens' - Jens könnte mit Fug und Recht vorschlagen, Herr Pastor möge seine individuell autorisierte Fassung aller bekannten Geschehnisse herausbringen, anstatt mäßig interessierte Schüler derartig zum Schwitzen zu bringen. Dorfrebell Jens Kollow? Wahrlich falsch, in diesem Dunstkreis: Undenkbar. Der knochige Zeigefinger schnellt aus dem Nichts hervor - Jens erschrickt, Wilkens kommandiert:

>>Ab hier liest du laut vor, in einem durch, auf Betonung achten! Kein Wort überspringen! Ich höre das!<<

>>Jawohl, General!<<, denkt Jens, ganz Actionheld, bei sich und antwortet seinem Pastor:

>>Kann ich gern machen.<<

>>Davon gehe ich aus, du bist siebte Klasse, … tja, immerhin.<<

Wilkens pflegt einen Humor, den keiner kennt. Den auch niemand deuten könnte. Den es vielleicht gar nicht gibt. Erst einmal muss Jens, grübelnd über diesem hochambitioniert markierten Seitensalat, halbwegs Orientierung bekommen. Die Wilkens-Brut draußen im Flur ist gar munter aufgelegt, Jens verhaspelt sich, weil der Stammhalter außer Rand und Band mit einem schrecklich zugerichteten Bobby Car ohne Flüsterräder umherröhrt - Monaco ist nichts dagegen. Die Rabauken-Schwester weiß sich ebenfalls akustisch in Szene zu setzen - wilde Schatten zucken dramatisch, vom Flurlicht riesig aufgeblasen, in den Unterrichtsraum hinein. Tobsüchtig kreischend zappelt Wilkens' Tochter am

Heck vom amokfahrenden Bobby Car. Übelste Insassen der schlimmsten Alien-KiTa unserer Galaxis könnten diesen Lärmpegel nicht übertrumpfen. Man sollte meinen, dass speziell Pastorenkinder eher ruhigeres Spielen bevorzugen - es ist jedoch nur eines von zahlreichen, kaputten Klischees. Bibelvorlesen und Zuhören - hier und heute beim Konfirmandenunterricht unmöglich. Jens bricht seinen Satz frustriert ab, Pastor Wilkens steht nach tapfer ertragenen Sekunden gequält und doch beherrscht auf - man ahnt, wenn er kocht. Jens behält ihn im Blick, zeigt dies aber tunlichst nicht.

Das infernale Bobby-Car-Chaos muss im ganzen Dorf zu hören sein. Wilkens nimmt Jens die Bibel weg, schiebt exakt sein Lesezeichen hinein, schlägt das Buch zu, legt es griffbereit beiseite und verlässt leise seufzend den Unterrichtsraum. Seine behäbige Silhouette glitzert im geriffelten Muster vom Türglas - Wilkens' Schritte werden schneller. Die zurückgelassene Runde grinst und schluckt. Man hört von draußen Jagdgeräusche, Schreie, Poltern, Tumult und Kinder, die weinen. Wilkens brüllt sehr kurz, aber viel intensiver als jedes bisher vernommene Geräusch. Dann kracht eine Tür irgendwo zu - das kleinkindliche Duett-Schluchzen wird dumpfer. Geschockt, aber auch amüsiert, wartet die prustende Konfirmandenrunde ab.

Pastor Wilkens nähert sich wieder dem Unterrichtsraum, Jens nimmt Haltung an, guckt hoch und fragt sich tief drinnen, was wohl mit den Kindern los ist. Als Wilkens vor seinen stummen Schülern steht, meint er trocken:

>>Er ist über sein Spielzeug gefallen. Und die Andere gleich mit.<<

Wir Konfirmanden erwidern nichts darauf. Der Vater muss seine Kinder geschubst haben.

Beim Bibelpauken interessiert Jens nur das Kapitel mit verschollener Bundeslade, weil Harrison Ford in „Raiders of the lost Ark", suchend nach eben dieser einen mystischen Kiste, Hollywood'sche Abenteuer besteht und Nazis verdrischt - Pastor Wilkens sucht alle vier Wochen Freiwillige, um das Kirchenblatt austragen zu lassen. Andere Konfirmationskandidaten haben es faustdick hinter beiden Ohren, versenken Bündel um Bündel Kirchenblätter im Müllcontainer - sie wollen nach stressigen Hausaufgaben mutmaßlich nicht weit raus zu jedem tiefgläubigen Wilkens-Jünger eiern und geben sich lieber glorreichem Kicken auf legendärem Bolzplatz hin. Die Sache genauso durchzuziehen - für Jens zu heiß. Auf ihn macht Wilkens' langer Arm Eindruck.

Bilderbuchwetter, Himmelfahrtskommando - ein ziemlich langer Radweg ist das, selbst für C-Ju gend-Fußballerwaden. Inhalt beider Satteltaschen: Gefühlte 60 Kilogramm druckfrischer Ausgabe vom Kirchenblatt - Jens muss pflichtbewusst im Dienste des Herausgebers Wilkens heute noch ein abgelegenes Gehöft ansteuern, nur wenig entfernt mieft das Moor. Blutige Legenden sind über den namenlosen Hofhund verbreitet worden. Was für ein Gruselkabinet-Image! Chopper, dieser Kläffer aus „Stand by me", er hörte wenigstens auf seinen Kampfnamen. Die Handbremse quietscht, Jens rollt aus und steht respektvoll vor steiniger Auffahrt - dieser brüchige Schuppen wäre wahrlich ideale Location für eine überaus finstere Stephen-King-Verfilmung. Irgendwo hier lauert also der Namenlose auf zahlreiche und schmackhafte Opfer.

Mit gefaltetem Kirchenblatt in seiner Hand setzt Jens unmotiviert ersten Schritt auf diese Piste ohne Wiederkehr - zerbröckelter Schutt: Knirschgeräusche kann kein Eindringling verhindern. Nur lautloser Schwebezustand könnte ihm hier helfen. Niemand zu sehen, auch kein Köter, enorme Stille, weit und breit kein Vogelstimmchen - keine Vorwarnung: Der Hofhund, bestenfalls als „Das Ding" beschreibbar, nimmt seinen Job richtig ernst, zischt auf Jens zu. Schweres Kettenrasseln - der Attackierte verharrt gelähmt, die alte Kette spannt. Reicht es, um dieses zähnefletschende, hässliche Monster zurückzuhalten? Heute reicht es nicht:

Zwar wird wütender Aktionsradius durch rostiges Kettenkonstrukt gemindert, aber das eklige Vieh beißt zu - durch die Jeans. Hier draußen mag schnöder Alltag eines Hofhundes wenig faszinierend sein, sogar vielleicht nicht ohne Frust. Frust schiebt Jens aber auch - er will hier nur seinen Job machen: >>Mistkröte!<<

In Filmen sind Hunde ja meistens auf der guten Seite. Es ist hier bloß kein Film, es schmerzt, es ist gar nicht mal eine tiefe Fleischwunde, nur Schrammen - aber es schmerzt. Für Wilkens zählen einzig ordentlich zugestellte Kirchenblätter - ein exklusives Exemplar spießt Jens am Stromzaun auf, fängt sich 220 Volt und humpelt zum Fahrrad.

Konfirmation in Wilkens' Kirche - die kleinste Oblate bekommt Jens aus der Hand seines Pastors gereicht. Am unvermeidlichen Nachmittag: Konfirmandeneltern empfangen mehr oder weniger selbst eingeladenen Familienbestand mit trockenem Kuchen, dünnem Kaffee, fettem Fleisch und Eierlikör satt. Konfirmanden kassieren stattliche Summen in D-Mark. Auch von Leuten, die sie kaum kennen - man steht darüber. Wilkens steuert seinen Fiat Ritmo über alte Dorfstraßen, in schaukelndem Designpreiskabinenroller tuckert Hochwürden von einem Hausbesuch zum nächsten, von Mahl zu Mahl, von Umtrunk zu Umtrunk, von Irrwitz zu Militarystyle. Der Pastor, durch Brauch und Gefolgschaft eingeladen im rausgeputztem Dorfe: Es ist Tradition, und Wilkens legte einst frühgeschichtlichen Grundstein. So ein paar launige Familienfeiern muss er schon noch abklappern - zuerst mit Auto, dann per Fahrrad, gefolgt von Traktoreskorte, zuletzt als schwankender Wanderprediger. Dorfsheriff König ist selbst heute Gastgeber - in seinen Zuständigkeitsbereich fällt Wilkens' Exkursion garantiert nicht. Königs auszubildender Polizeianwärter muss die Wache schrubben und darf des Dienstherren Schreibmaschine auf keinen Fall berühren.

Wirklich schmackhaft mundet diese übereilt gereifte Ferienidee für Jens nicht - sein Opa gibt das Kommando: >>Eine Woche christliches Zeltlager im Harz! Das Kind mal endlich der Bibel näher bringen!<<
Jens ist nicht krampfhaft atheistisch erzogen - *es* hat nur nie wirklich einschneidende Bedeutung gehabt. Ausgenommen beim Opa. Der Glaube. Die Bekehrung. Jenes Ziel. Das Rätsel. Jedenfalls ist zünftiges Zelten im Harz mit Jens' Anwesenheit für Mutti und Vati guten Gewissens in Ordnung. Jens wird da runterfahren müssen im verschwitzten Sammelbus - mit ähnlich schweren Fällen. Auch Wilkens, der vom flugs festgezurrten Zeltlageraufenthalt hört, als Mutter Kollow dem ganzen Dorfsupermarkt bildhaft davon berichtet, weist bestärkend auf die Notwendigkeit dieser Reise hin.

DER EINBEINIGE

(Auszug: Häppchen-Epos „Out of Dulsberg")

Mal wieder spät dran, nichts an Kollows Timing-Kultur hat sich verbessert. Jens soll in dreißig Minuten seiner Traum-Zahnarztpraxis wieder begegnen. Wichtiger Termin. „Behandlung" klingt zu brutal, vielmehr verheißt die Audienz pures Wellness-Geschehen. Eine bildhübsche Zahnärztin und ihr sanfter Hofstaat, alles wahre Feen. Miss Eppendorf forever (verglichen mit dieser, tja, Zahnärztin, wirkt Arwen wie ein grobschlächtiger Trampel) hat Jens noch nie mit irgendwelchen Betäubungsspritzen oder gar ungelenken Bewegungen verletzt. Künstlerin!

Er ist schon fast aus der Tür - da stockt Jens und tritt zurück in die Wohnung. Die Budget-Situation brodelt, aber ohne Praxisgebühr will er nicht bei der wunderschönen Zahnärztin auflaufen: Total blank - das immer wieder gehegte, noch zugeschweißte Euro-Starterkit Anno 2002 muss jetzt herhalten. Etwas über zehn Tacken sind drin. Schnell noch MacBook eintüten und ab dafür. Wenigstens muss Jens nicht mehr die Couch mit Kleinmöbeln vor Inbeschlagnahme des Hundes sichern. Wo auch immer Thorsten draußen herumschlawinert ... - Jens lächelt, wünscht ihm eine gute Jagd, flitzt durch das biedere Treppenhaus runter, packt die Haustürklinke:

Straßenlärm, Kälte, Dulsberg. Jens' Einzug in diesen Reihenhausblock, hier im Arbeiter-Rentner-Mikrokosmos, schmeckte ihm nicht. Nach Scheidung und allem Gewirr gab es keine finanziellen Späße - Hoheluft, Eppendorf, Winterhude: utopisch. Das Image Dulsbergs wird aber auch gern negativ übertrieben, ein Käfig nur voller Asis ist dieser Ort hier nicht. Im Gegenteil: Die meisten Dulsberger Gesichter grüßen stets herzlich. Besonders älteren Bürgern sieht man harte Spuren der Vergangenheit an. Grauzone, ja, gibt es - gleich gegenüber wird es wieder bunt.

Menschen leben, arbeiten, spazieren so weit Jens das nach vierundzwanzig Monaten analysieren kann im Miteinander sehr zuvorkommend. Man packt hier gern an, direkt vor schwierigen Stufen zum Bahnsteig hoch, beim Hieven klappriger Kinderkarren oder prall gefüllten Einkaufsbeuteln. Dulsberger Hopfenmief fällt Jens schon länger unangenehm auf. Vermutlich ist es Hopfenmief, der die Autoabgase überlagert, typisch für Jens' Ecke hier. In der Nähe wird eine Brauerei stehen.
>>Wann endlich werden all diese Wahlplakate abgehängt, jetzt, Wochen nach der Wahl? Mag diese Leute nicht mehr sehen! Nicht so nah! Nicht überall!<< Lächeln, entschlossen und würdevoll dreinblicken, sowas können sie - nur konkret auch Machen, das traut Jens den wenigsten Anwärtern zu.

Moment mal, Jens möchte absolut kein Politiker sein.

>>Vermutlich könnte ich zwar ebenso gespielt-kompetent gucken, doch dann käme in Amt und Würden die ganze Politikerrealität und mit meiner Maskerade wäre es aus. Okay, erstmal los nach Barmbek. Halt, wer sich demokratisch und politisch engagiert, der kriegt meinen Respekt. Irgendwer muss es machen - und die, die es als Demokraten tun, okay, die können nicht zaubern. Leute, aber macht endlich was für die Leute - für dieses freie Land! Haltet zusammen oder rauft euch zusammen, damit sich keine Blender, Schaumschläger, selbsternannte Bevölkerungssachverständige *autorisiert* fühlen - aus welcher extremen Brühe auch immer hervorgewabert. Jetzt aber wirklich los nach Barmbek.<<

Fahrradschloss klemmt. Jens würgt am angerosteten Schlüssel und mit kräftigem Rütteln ist das Rad befreit. Diese Blocks öden ihn an, nicht nur im Herbst und bei kaltem Wind. Zwischen moosgrünen Garagen sieht Jens den beinamputierten Rollstuhlfahrer (zurückgekämmte Haare, raviolibekleckertes Sportdress, Hornbrille, ein Gummistiefel), per Eigenbauteleskoparm durchgeweichte Zigarettenkippen aufgreifend. Jens grüßt freundlich, doch stumm. Einen essigsauren Sekundenblick gibt's dafür als Quittung - dieser ebenso schweigsame

Law-and-Order-Nachbar will es hier nur sauber haben, rollt auf weitere Kippenstummel, Kronkorken und Papiermatschreste zu.

>>Na, von mir sind die Dreckskippen da ganz sicher nicht!<<, möchte Jens verteidigend hervorbringen, lässt es aber doch gut sein. Diesem Rolli-Berserker fehlt nur eine 7,62-mm-Bordkanone, fest arretiert, über das Steuerungsmodul feuerbereit, verheerend in der Wirkung. Ja, so könnte man dem Grimmigen eine Freude machen. Oder einfach auch nur mit einem dicken Rollkragenpullover - schweinekalt hier draußen. Mit entschlossenem Die-heutige-Jugend-ist-Scheiße!-Kopfschütteln widmet sich der Einbeinige strikt seiner Aufgabe - zackig manövriert er den Rollstuhl durch einen Parkours aus Betonpollern und lässt gesammelten Müll in eine bereits gut gefüllte Tüte purzeln. Den Einbeinigen hatte Jens noch nie mit irgendjemand anderes sprechen sehen, kein Wort. Jens steigt auf sein Rad und fährt los.

Von seiner Ein-Zimmer-Butze aus könnte Jens die S-Bahn-Haltestelle Friedrichsberg locker zu Fuß erreichen, Barmbek wäre nach drei Minuten Fahrtzeit schon die nächste Station. Radfahren würde Jens echt fehlen. Beide Beine, ein Geschenk. Mit dem Vorderrad steuert er exakt auf die räuchernde Kippe zu, die beim Überrollen gelöscht wird. So geht Maßarbeit, alles weitere ist der Job vom Einbeinigen. Jens fährt durch glitschiges Laub. Frisch heute. Sein Atem weht am Kragen entlang. Gut zu wissen, dass Jens nie bei Thermounterhosen und Handschuhen spart. Nicht frieren, wenn man nicht muss.

Seit einem Jahr überlebt Jens wirklich alles ohne iPhone. Es rutschte wohl beim Radeln aus der Jackentasche, versank im Herbstlaub und wurde vermutlich von dieser mammutähnlichen, städtischen Kehrmaschine aufgefressen. Geklingelt hatte das iPhone die letzte Zeit vor seinem Verschwinden sowieso nicht oft - Jens hätte das Teil nur gern selbst kaputt gekriegt. Krausestraße, Ecke Straßburger Straße: Zigarettenqualmende Ghetto-Kids hängen an der Bushalte ab, eines schreit doch wirklich voller Inbrunst Jens in den Rücken:
>>Ey-Digger-Hassu-kein-Auddo!?<<
Die tumben Kumpels rasten total aus, verrauchter Husten folgt sinnlosem Gelächter. Jens möchte ihnen absolut nichts zurufen. Nur gut, dass die Ampel hier gerade auf Grün steht - einfach weiterradeln, besser ohne wegzurutschen, keinen Triumph diesem Dödelpack.
>>Wirklich, ich müsste das Viertel wechseln. Vielleicht hat der Einbeinige doch Recht?<<
Seine Strecke führt Jens durch die Krausestraße, über Drosselstraße, parallel zur Bahntrasse, bis Barmbek-City. Jens stellt sich vor, wie die Orks

hier beim Globetrotter einträfen, um ihre Nordic-Walking-Stöcke zu reklamieren. Dann würden sie eben noch die Kältetest-Kammer inspizieren, mit gekidnappten Verkäufern und Kunden dabei. Wäre eine enge Sache da drin für alle.

PAVIAN CRAIG

(Auszug: Häppchen-Epos „Out of Dulsberg")

Übliche Stille im Wartezimmer von Jens' favorisierter Zahnarzt-Feen-Praxis. Die Herren der Schöpfung sind hier rechnerisch deutlich höher anzutreffen. Mit MacBook auf seinen Knien sitzt Jens zwischen teils echt aufgeregten Patienten - er selbst ist lockerer geworden, wenn auch ein Besuch hier im Feenparadies nie Routine bedeutet. Der Nebenmann krakelt gestresst über duftendem Anamnesebogen, dargebracht aus zarter Hand vom zuckersüßen Empfangsengel. Dem Neupatienten kann man erstmal nicht helfen, Jens versteht die Nervosität. Tiefes Durchatmen praktizieren reihum so einige der Anwesenden. Um sich selbst auch ein wenig abzulenken, klickt Jens hier und da, öffnet den prallen Ordner „Baustelle", spult durch teils kryptische Dateinamen und bleibt an einem Projekt hängen: „KüchenbulleCraig.doc", die gute alte Fabel, Jens mochte sie immer, und verbessern kann man meistens irgendetwas, wenn die Zeit dafür nur ausreicht - Doppelklick:

Schlimm verschmierte Armaturen, hoffnungslos festgebrannte Saucenkleckse, müffelnder Fisch - dies ist keine normale Restaurantküche, treffender wäre Schmuddelkombüse. Rillen zwischen jeder Kachel sind mit pelzigem Flaum bedeckt. Ranzige Fetteimer unter altgedienter Fritteuse quellen gnadenlos über. Hier ist er Chef vom Ring: Pavian Craig. Der grobschlächtige Küchenbulle im spackigen Unterhemd rollt vor seiner wabbelig-haarigen Wampe dicken, vor fauligen Eiern strotzenden Teig aus - knirschend plättet das brüchige Nudelholz die ungenießbare Masse fest auf parasitäre Arbeitsfläche nieder. Craigs antiker Hauklotz, hier wurde kürzlich gammeliges Schnitzelfleisch überambitioniert bearbeitet, bietet reichlich Nachschub für Schaben und Würmer. Grünmetallic-schimmernde Fliegen umschwirren aufgeregt einen Haufen nicht allzu frischer Knochenreste. Die zerfetzte Kochhose wurde niemals gewechselt - Craigs rosaschwulstiger Pavianhintern hängt achtern heraus. Traurige Schnitzel brutzeln auf Vorrat im Fritteusenfett, die Luft flimmert, alle Gasflammen heizen hoch, Inhalte dampfender Töpfe sind von ungeklärter Herkunft - Craig macht seinen Job.

Marv, aalglatter Chef de Rang hier im Etablissement, ein dünnbeinig umher stolzierender Panther, annonciert vierzehn neue Schnitzelbons. Craig nickt beiläufig. Als Marv wieder durch übel klebrige Schwingtüre zum Gastraum verschwindet, stutzt Craig und zählt alle Fleischlappen im brodelnden Fritteusenfett - es sind nur dreizehn, doch Craig ist Profikoch, Improvisation für ihn täglich Brot. Der Griff seiner Pranke zum blutverkrusteten Messer geht über in weiche Hüftdrehbewegung - mit festem Schnitt säbelt Craig eine Scheibe aus seinem Pavianhintern. Er wiegt das Fleisch ordentlich ab, befördert es fachmännisch durch die nach faule Eier stinkende Panierstraße und versenkt Schnitzel Nr. 14 in aufschäumenden Wogen der Fritteuse. „Beim Craig wird Jedermann satt!" - so verkündet es das abgeblätterte Blechschild über längst stillgelegter Abzugshaube. Craig könnte nicht ohne ihn: Als beflissener Chef de Rang leuchtet das Wohl aller Gäste in Marvs Augen. Wissen, was gut ist. Die Leute kommen immer schon hierher, goutieren Pracht und Fülle. Hohe Standards, welche Marv als charmanter Kümmerer, dem sein Job nie schwer zu fallen scheint, täglich zelebriert. Backstage verzaubert Craig jeden Sonntag hungrige Genießer mit seinen beliebten Kochkursen. Die Zwei - ein gastronomischer Glücksfall.

Heute ist Schnitzeltag. Zwar laufen so einige Gerichte der ekligen Speisekarte über Kreuz, doch Craig behält Übersicht, schickt alle Köstlichkeiten exakt in time zum Pass - nie verliert er seine berüchtigten Fritteusenschnitzel aus den Augen, gut Ding braucht Weile. Messing, die geschwungene Form erinnert an ein Drache-Löwe-Zwitterwesen mit roten Augen und grimmiger Visage - Craigs Feuerzeug, einst ergattert in fürchterlichstem Tourishop. Der Clou: Bevor die Flamme entfacht, tönt bös-leiernd „My Heart Will Go On" als Piepsmelodie aus Innereien des antiken Computerchips hervor, dazu muss dieser Drache-Löwe-Dingsda-Kopf ins Genick abgeknickt werden. Knopfdruck, lodernd züngelt das Feuer, die Band spielt weiter - Craig verödet seine Wunde am Hintern, knusprig für nächste Bestellungen.

Flinkes Einfingertipp-System klöppelt über klickende Tastatur - Jens schaut kurz auf, weil die verbitterte Wurzelbehandlungspatientin merklich ungehalten herüberglotzt und barsch grummelt: >>Geht das jetzt noch lange, dieses Gehacke!?<< Verständnisvoll und beruhigend bekommt diese geplagte Frau ein rasches Nicken von Jens herüber gereicht. Eskalation braucht hier niemand. Der Stresspatient nebenan sowieso nicht, denn nun ist sein Kugelschreiber leer - schüchtern steht er auf und navigiert unsicheren Schrittes zum Empfang. Wonach Jens sich wahrlich sehnt, gleich nachdem die bildschöne Frau Doktor ihn sanft entlässt: Kaiserschmarrn aus der Tüte. Den gibts nicht auf Craigs charmant-brisanter Speisekarte.

ABRECHNUNG UND RETOUR

(Auszug: Häppchen-Epos „Out of Dulsberg")

Ab Tag Eins beim Bund ist für Rekrut Jens Peter Kollow sofort klar: Mit Stabsunteroffizier Höppner wird das hier nicht heiter. „Petra Warmdüse!" - so schnauzt StUffz Höppner unüberhörbar durch seinen Block, wenn Rekrut Kollow fit gemacht werden soll. Es mag an Jens' verschwenderischem Duschfaible nach Biwak, Fußmarsch oder Rödelbahn liegen. Dieser lästige Vorgesetzte, obendrein Kettenraucher, schreckt nicht davor zurück heimlich Jens' Uniform mit übermäßig Erdbeerspray zu kontaminieren. Verdächtig auch, dass Jens' Wehrsold geräubert ist, als er aus dem Nasszellenbereich kommt und die Uniform anziehen will. Alles weg. >>Verdächtig, aber nicht zu beweisen.<<, lautet dann schon alles, was dem Hauptfeldwebel im Kompaniebüro auf Kollows Diebstahlmeldung hin an Anteilnahme entfährt. Ergänzt durch schroff geraunte Feststellung, >>... dass ein Soldat seinen Wehrsold besser nicht unbeaufsichtigt in der Stube rumliegen lässt - es sei denn, er wäre komplett hirnlos.<<

So steht Jens wohl ein finanziell recht knapper Monat bevor. Und StUffz Höppner ist aus dem Schneider. Fast schlimmer war noch diese Sache mit dem Erdbeergestank. Es zwickt Jens schon, zwar ohne Tatbeweis StUffz Höppner nach dessen

Alibi zu fragen, aber Jens rechnet sich auch aus: >>Nur ein Jahr noch bis zur Freiheit, dieses eine Jahr simpel abhaken!<<

Danach keine sinnlose Revierreinigung, kein penibler Formaldienst, keine verschwitzte ABC-Übung, kein gebrüllter Waffendrill, keine qualmige Stube, kein bescheuerter StUffz mehr - dieser Zivilversager wird dann gut aufgehoben in der Kaserne verbleiben, in seinem Elfenbeintürmchen. Die Panzergrenadier-Buckelei hätte ihr Ende, und Jens würde das „Draußen" umso vieles mehr genießen.

StUffz Höppner kann es nicht lassen: „Petra Warmdüse!" - längst ein geflügeltes Wort in ganzer Kompanie. Jens denkt nach - zu lange schon hat er sich diesen tumben Hirnie angetan. Ein Plan muss her! Ein rascher Plan! Ganz scharf darauf, meldet sich StUffz Höppner zur Einzelkämpferausbildung, er wird eine Zeit lang fortbleiben, vielleicht sogar angeschossen… Die Wochen in StUffz Höppners Abwesenheit laufen wie Urlaub für Jens. Fast macht es hier sogar Spaß. Vielleicht fühlt sich StUffz Höppner bei seiner Wiederkehr für Höheres berufen und lässt Rekrut Kollow in Ruhe - theoretisch möglich, Jens ist Optimist. In der Tat kommt StUffz Höppner erholt zurück, mächtig stolz auf das neue Einzelkämpfereichenlaubabzeichen. Als dieser hoch dekorierte Nervtöter speziell Petras Badelatschen-Gang in plump-tuntiger Draufsicht vor versammelter Mannschaft lautstark und wiederholt billig kommentiert, ist aber Schluss mit lustig. Passend, dass StUffz Höppner zum Wochenende beim Kasernen-Wachdienst anzutreten hat. Ein paar freie Tage liegen vor Jens - er observiert die wunderschön anzusehende, siebzehnjährige Freundin des Widersachers: Gymnasiastin, kaum zu glauben - bei diesem Trottel von StUffz. Das aufblühende Mädel nimmt Jens' Einladung zum Spaghetti-Eis gerne an, beide unterhalten sich charmant. Wunderschön. Hintersinnig. Verspielt. Gewitzt. Belesen. Mehr als wunderschön - und Nichtraucherin! Sie ist perfekt. Jens erntet beim Date viele Lacher und spendiert abends Kino. Wie bedeutungslos, sein fettes Minus auf dem Konto. Was für ein Kollowtag! Lächelwettbewerb, alles neu, alles drin, alles auf Anfang sowieso. Im Bett mit der Schönen ist es toll, jeweils auch kurz. Sie kann deswegen wahnsinnig und herzlich lachen.

Zum nächsten Morgenappell macht die kluge Gymnasiastin Schluss mit StUffz Höppner - die extrem große Liebe kann es ja so auch nicht gewesen sein. Seinen Selbstmordversuch überlebt der frisch verschmähte Einzelkämpfer und bekommt Titangelenke hineinoperiert. Jens genießt seine Freizeit. Und auch die Kasernenluft. Der Idioten-StUffz von früher, er fehlt. StUffz Höppner hat zwar mit neunzig Prozent Sicherheit Jens' Wehrsold geklaut und hundertprozentig Erdbeerspray eingesetzt - aber Rekrut Kollow liebt dieses zauberhafte Mädchen. Dienstzeitende rückt Woche für Woche näher. Filmfeeling, alles schwebt und ist im unglaublichen Flow.

Nach langwieriger Reha schiebt StUffz Höppner nur Innendienst - Jens tauft ihn „Robocop". Etwas in sich gekehrt, rein gar nicht mehr pöbelnd, gibt StUffz Höppner nun soldatischen Rat und hilft, wo er kann - selbst Kollow, mittlerweile unbegreiflicher Gefreiter, erhält das eine oder andere freundliche Wort. Der quäkende Ruf nach „Petra Warmdüse" schallt nie wieder durch die langen Flure. Am letzten Kasernentag lässt Jens es sich nicht nehmen, Robocops Unterschrift für das obligatorische „Deutschland, wir sind quitt!"-Sweatshirt höflich einzufordern. Gefreiter Kollow kriegt sein Autogramm. Höppner kommt einfach nicht dahinter, warum die knackige Gymnasiastenschnitte ihn gnadenlos abgeschossen hat. Genau daran erfreut sich beschenkter Jens. Sie ist clever, lustig, romantisch, ganz anders, fabelhaft sowieso, trägt bauchfrei - und sie zieht bei Jens ein. Stolz überreicht Mitbewohner Kollow den Wohnungsschlüssel. Jens' marode Boxershorts hängen ab sofort neben luftigen Tops und neckischen Hot Pants auf dem rostigen Wäscheständer. Wer war Höppner?!

Sie liebt Jens. Und sie will natürlich ein getragenes, olivgrünes Jens-Bundeswehr-T-Shirt.

Durchtriebene Zicke. Jens und seine sportliche Hauptgewinngymnasiastin bleiben noch einige Tage und Nächte zusammen, nicht mehr ganz so quirlig. Auftritt: Björn, Student. Ein Mistbock, der auch nur überleben mag. Björns Hose schlabbert rum. Er ist unfassbar der Richtige, sehr plötzlich. Sie fährt ja schon beim ersten Zwinkerblick auf Björn ab. Zum Björnflirt trägt man legendäre Hot Pants und den olivgrünen T-Shirtfetzen - mit ihrer Eroberung geht's nach Hause.

Als Jens beide Verräter in seiner Wohnung beim nackigen Nahkampf überrascht, grinst Buddybjörn - Grasraucher! Das neue Paar findet die Szene kaum der Aufregung wert. Zur Rede gestellt zischt die Untreue etwas von >>... langweilig, planlos, pleite!<<.
Keine superbequeme Ausgangsposition zur Gegenwehr, denn sie hat Recht. Okay, „langweilig" - harter Stoff, aber geschenkt. Der Rest ist sauber recherchiert. Und immer noch knutsch-goldig sieht sie aus, aufgewühlt im zerwuselten Bettenlager. Zu schade für Björnstudirotzlöffel, der nicht mal weiß, wofür ein Gürtel wohl eigentlich mal erfunden wurde. Die Schöne pfeffert legendäres Bundeswehr-T-Shirt Jens vor die Füße.

Nein, Jens wird dieses Mädchen nicht zur Trauung vor Pastor Wilkens fragen, ob sie in guten wie in schlechten Zeiten … Sie spricht hier und heute die drei magischen Wörter: >>Hau bloß ab!<<

Kollow verschwindet, schließt seine Tür und sein Herz. Kann schon sein, dass grunge-look-fröhnende Studenten näher dran sind am Kosmos einer Siebzehnjährigen. Bisher hatte Kollow immer geglaubt, Kollow wäre schon irgendwie jung geblieben. Vielleicht war es keine allzu geniale Idee, sie andauernd mit Filmmusik zu beschallen - auch fragte Jens Details über Komponisten aus seiner Soundtracksammlung regelmäßig ab, schon scherzhaft gemeint. Sie hätte doch mal beizeiten üben können. Was war es? Was ging gar nicht für sie? Kollows gepflegte Leidenschaft, gelochte Locherschnipsel aufzubewahren? Sie war eben jung und sah nicht, dass man Konfetti auch über Jahre zu Hause herstellen konnte. „Ey, Höppner - ich hab' dir hier ganz schön was erspart!", illusioniert Kollow an sehr freien Tagen.

TALKSHOW-DILEMMA

(Auszug: Häppchen-Epos „Out of Dulsberg")

So etwas gab es kaum, wenn der Rat der Jedi zusammenhockte - irgendwie erinnern das Sesseldesign und die kreisförmige Möbelanordnung an wortgewaltige Sit-ins bei Meister Yoda: Na bitte, Jens Kollow ist zur Talkshow eingeladen. Als Talkgast. Zack-Boing. Er sitzt fahrlässig eingekeilt zwischen Sängerröhrensternchen Whoopie Hammerschmidt und A-Liga-Schauspieler Buttsche Pottkieker.

Auf Theatergrandseigneur Maurice Lavendel wartet die Runde bisweilen - Wetterproblem bei Abreise aus München. Nicht schlimm, zur Überbrückung wird die, na, ja, Sängerin von Moderatorenurgestein Gilbert Könnerwein ermutigt, ihrer momentanen Jobpräferenz nachzugehen - Hammerschmidt gibt die ellenlange Singlenummer „(One Hit) My Wonder" klirrend zum Besten. Und nie empfand Kollow einen Musiktitel passender, direkt auf die schmerzende Zwölf. Hammerschmidts Song ist erst halb durch, dennoch: fein hier. Nachwuchsautorenkanone Jens Kollow, mit frischem Erstlingswerk im Gepäck, bietet sein tapferstes Antlitz auf. Nach Hammerschmidts anstrengender Darbietung folgt sehr langer Applaus - nachdenklich stimmendes Gesellschaftsbild. Gilbert Könnerwein beginnt mit Sprudelplausch, Jens erwischt einen ganz guten

Start, antwortet gescheit und unterhaltsam - alle zehn Sekunden bricht Whoopie Hammerschmidt in trottelig-gackerndes Gelächter aus. Lauter als das Publikum - Jens muss schauspielern, um sie nicht doof aussehen zu lassen. Buttsche Pottkieker knufft Jens in die Seite. Darf nicht jeder - Pottkieker darf. Kollows Kinoambitionen - sie könnten hier und heute besiegelt werden. Irgendwie läuft alles zu rund, jedenfalls wird Kollows Debütroman mit funkelnden Vorschusslorbeeren verziert. Jens:

>>Och, man tut, was man kann. Und was anderes kann ich ja auch gar nicht.<<

Die Frage-Antwort-Minuten segeln angenehm dahin. Könnerwein bedankt sich bei Jens für den Besuch und wünscht:

>>Denn mal tau und toi, toi, toi, nä!<<

>>Ich hab' zu danken. Und euer O-Saft hier ist der beste im Sendegebiet!<<

Selbst dafür sahnt Kollow tosenden Live-Applaus ab - der Norddeutsche an sich lässt wirklich keinen Talkshow-Frischling hängen.

Was im On nicht zu sehen ist: Ein Talkshow-Mitarbeiter humpelt mit Holzbein aus der Deko hervor, stellt gold-glitzernden O-Saft ab und bittet Jens diskret hinaus, weg von seiner Talkrunde. Könnerwein nickt die Sache ab. Verwirrt steht Jens auf - da wird man einmal in 300 Jahren ins Fernsehen eingeladen und schon muss man wieder weg.

No chance - hinter den Kulissen zuckelt Jens durch einen Korridor, eskortiert vom einsilbigen Guide. Jemand, der um die Augen herum Captain Hook ähnelt, bietet Jens ein köstliches Schnittchentablett an - Jens langt zu, ergattert was Feines und ratscht sich die Hand am Enterhaken vom schief grinsenden Captain Hook-Doppelgänger. >>Tja, für's Catering bekommt man auch nur noch Fallobstbewerbungen.<<

Man führt Ex-Talkshowgast Jens wackelige Holztreppen hinab, durch feuchte Senderkatakomben. Überall ist es rutschig, auch hervorstechende Riesennägel machen den Abstieg nicht einfacher. Gewimmer, zwischendurch auch grässliches Geheule, ist zu hören - irgendwo hacken Gefangene auf mechanischen Schreibmaschinen rum. Ein Blechtopf, randvoll mit Urin, wird aus einer dunklen Zelle Jens hinterhergeworfen. Nicht die feine Hanseatische - Kollow will sich über das alles hier mokieren, da steuert sein finster dreinblickender Begleiter schnurstracks durch das mit Stahlnieten beschlagene Tor hindurch:

Ein Piratenschiff ankert dort zum Greifen nah. Gackernde Möwen flattern umher - sie alle tragen Pullis mit Landkartenmuster. Das riesige Schiff heißt Buster Wilkens. Maurice Lavendel geht von Bord und drückt Jens kräftig die verletzte Hand mit bester Laune und Theaterfundusaugenklappe. >>Aha, ich musste oben den Platz räumen, weil der da gleich draufsitzt?! Aus Bayern eben mal per Schiff nach Hamburg gereist!<<

Bis zur Hafenkante sind es wenige Meter - Zzzz-zisch, Einschlag: Knapp neben Jens zittert der leuchtende Säbel im gespaltenem Holz vom Anlegerpfosten.

>>Du da! Du Gedärm!<<

Jens fährt erschrocken herum und blickt auf den Einbeinigen im Rollstuhl - es ist der schräge Kippen-Einsammler-Typ aus Jens' Viertel.

>>Sie können sprechen!<< Wohl nicht die taktisch klügste Antwort von Jens, so spontan, gerichtet an diesen aufgebrachten Derwisch.

>>Attacke!<<, brüllt der Einbeinige zurück.

>>Ne, ... äh, ich muss auch los.<<

>>Nix da!<<

>>Rollen sie gern weiter, aber ich will hoch zu meiner Talkshow, die warten da noch alle!<<

Der einbeinige Angstgegner löst alle schweren Bremsen vom Rollstuhl und drückt am Joystick den roten Auslöser seiner 7,62-mm-Bordkanone - mit hämmerndem Dauerfeuer rumpelt das martialische Kampfgefährt diesen bebenden Anleger runter, direkt auf Jens zu. Fooooooschschschsch-Brrr-rooooommmmm - der Einbeinige zündet die Nachbrenner-Düse, seine vibrierende Feuerstuhlrakete hält Kurs. Jens kann sich nicht rühren - er muss aber was tun, sonst ist es hier vorbei.

>>Platt mach' ich dich, platt!<<, brüllt der Einbeinige wie wild.

Tausende Projektile vom Kaliber 7,62 Millimeter jagen haarscharf an Jens vorbei und durchsieben die zuckende Buster Wilkens. Nur der Sprung in Deckung eines mächtigen Weinfasses rettet Jens vor dem heranbrausenden Wahnsinn. Die Feuerstuhlrakete rast extrem knapp vorbei, hebt am Ende des Anlegers ab, schießt weiter, zerfetzt die Galionsfigur und bohrt sich in den Bug der Buster Wilkens - das Schiffswrack kentert. Es blubbern Bläschen hinauf.

>>Vormittags-Tagtraum, verzichte.<<

Kollow setzt sich auf und blinzelt in den blauen Himmel. >>Buster Wilkens - WILKENS, bis hierher verfolgt mich der Typ!<<

BRIDDA

(Auszug: Häppchen-Epos „Out of Dulsberg")

Im spartanisch gehaltenen Seminarraum ist es kurz nach 8:30 Uhr - desillusionierte Mienen, man sitzt dicht an dicht, wie in einem Callcenter, wo niemand spricht. Am heutigen Morgen steht erneut Erwachsenenbildung auf dem Plan. Wieder wurde Jens über das Arbeitsamt in die „Trainings-Maßnahme EDV-Kurs" vermittelt. Das klapprige Flipchart zeugt noch von munterer Vorstellungsrunde - jeder Teilnehmer durfte sich ganz frei dort drauf mit Namen und persönlicher Smiley-Variation verewigen, motiviert von ambitionierter Kursleitung. Jens malte etwas, was einem Strichmännchengesicht gleichkommen könnte, dazu geschlängelte Mundlinie. Sinn und Zweck seiner erneuten Teilnahme? Nun ja, Jens wundert sich, wieviele gleichaltrige Leute noch nie ein Word-Dokument erstellt, geändert, kopiert, dupliziert, formatiert, gelöscht haben. Vielleicht sah man ihm ähnliches Defizit an?

Ganz besonderen Aha-Effekt fördert das Word-Luxus-Feature „Blocksatz" zutage - eine ganz besondere Kursteilnehmerin: Jens kennt Bridda aus 80er-Jahre-Grundschulzeiten. Sie lässt ihren Emotionen alles durchgehen, jubelt wie beim Tupperware-World-Cup, wenn sie mit magischer Textverwandlung zaubert und zwischen „zentriert", „fett", „kursiv" und, hoppla, „Blocksatz" umherklickert. Ja, mit Bridda verglichen erscheinen Ina Müller oder Carolin Kebekus recht introvertiert. Ohrensausen hat Jens längst vom Gekreische seiner bekloppten Bridda, seiner angenehmsten Egomanin, die sich, zugegeben, in der ersten Klasse schon als relativ anstrengend erwies.

„Deckel-hoch-Kaffee-kocht!", hieß es früher beim Schulhof-Singsang - da Jungs von hinten an Mädchen heranschlichen und ruckartig blumige Röcke lüfteten, nicht ohne frenetischen Jubel vorpubertärer Dumpfköppe, parallel ängstlicher Schreie. All das hatte auch Bridda durch. Jens half ihr nie. Soweit war er damals nicht, aber diese Szenen störten ihn sehr. Der rotzige Anführer, er wiegelte seine Gefolgsleute stets plump aber wirksam auf, hatte es zu Hause sehr schwer. Doch bloß, weil ein Mädchen offensichtlich Gewichtsprobleme durch die ersten vier Schuljahre mitschleppte, wäre Klassenkamerad Jens ihr nie und nimmer ins Kreuz gesprungen, schon gar nicht per Befehl. Scheiß' auf den Anführer. Jedoch Bridda musste es früher alleine schaffen. Selbstvorwürfe schluckte Jens erfolgreich runter.

Jahrzehnte später beim Klassentreffen nannte man Bridda hintenrum „Wonne-Tonne" - auch daran beteiligte Jens sich nicht, ihm war das immer noch

gnadenlos zu hohl. Schön verlief der Abend nicht für Bridda. Auf weitem Parkplatz, es rauschte unüberhörbarer Bahnverkehr entlang, stellte Jens diesen Anführer, der sich bis zum Klassentreffen nicht sonderlich weiterentwickelt hatte. Bridda wurde von Jens endlich in Schutz genommen - und selbsternannter Anführer konnte danach kein Anführer mehr sein. Blocksatzblocksatz, Rödelrödel, Kreationkreation - mangelnden Unterhaltungswert könnte Bridda heute jedenfalls niemand vorwerfen. Beide hatten sich diebisch gefreut über das Wiedersehen hier im EDV-Kurs - für Jens und Bridda war klar, man sitzt traditionell nebeneinander. Nun ist Bridda fertig, fällt ermattet im Bürostuhl zurück, verweilt aber so nur kurz unter aufgeregten Pfeiflauten - einer Dampflok würdig. Dann, wie einst beim Musikunterricht mit Blockflöte im Anschlag:
>>Ich hab' ja so Hunger!<<
Sitznachbar Jens mag Bridda als Gesamtkunstwerk, eine Irre, die gar nicht anders kann. Er weiß sehr genau, was gleich um 8:48 Uhr passiert, jenes Ritual hat alle Zeiten überdauert - schon kramt Bridda unruhig im Ranzen, heute ist es eine schweinchenrosa-glitzernde Lacktasche: Die 400-Gramm-Packung After Eight kriegt jetzt ihren Auftritt. Man muss das gesehen haben, legendär. Einst auf der Schulbank wurde Jens beim Zugucken schon schlecht, wenn Briddas Rachen wehrlose After Eight-Täfelchen gleich morgens in erheblicher

Menge verschlang. Die Frau ist ein Tier - Bridda futtert heute im EDV-Kurs, breit schmatzend wie eine darbende Kuh, zahllose Zartbitterminzehäppchen runter. Binnen weniger Minuten wächst ein anschaulicher Berg aus schwarzem Knisterpapier. Jens mag nicht hinsehen.

Der Facebook-Zugang ist von diesen Amt-Rechnern aus gesperrt. Lästig. Aber Xing läuft, yes. Digitales Klinkenputzen - seine Kontaktliste hat Jens rasterfahndungsmäßig durchgeschrubbt. Ist wohl irgendwer dabei, dem er noch keine Homepage-Link-Weiterleitung gesendet hat, mit der Bitte mal drüberzuschauen? Ob einige Leute schon genervt waren? Beschwert hat sich keiner bislang. Wundert ihn das? Nein. Alle haben ihre eigenen Süppchen am köcheln, alle müssen irgendwie weiterkommen. Und vielleicht ist Jens auch nicht der einzige Link-Verschicker.

Bridda triumphiert, ihr gelang es weltweit soeben erstmals, bei Word diese Freaky-Schriftart „Zapf Dingbats" zu orten - Briddas neuer Spielplatz: Effektvoll tummeln sich also Froststernchen, Schattenquader, Salinos, Pfeile, Victory-Finger und nochmal ungezählte Froststernchen auf ihrem überfüllten Word-Teststrecken-Dokument. Außer sich vor Verzückung schickt Bridda jede Menge Druckaufträge ab. Vollgepacktes Puzzle-Kunstwerk wird daheim abfotografiert und Jens als feierliche Schenkung überreicht. Mit Widmung, soviel ist sicher. Etwas sonderbar ist sie schon immer gewesen. Dass Bridda mal völlig verrückt wird, lag auch in der Luft - dennoch hätte Jens nicht angenommen, seine Bridda hier und heute so ganz rasch an den Wahnsinn zu verlieren. Sie hatte aber auch einiges mitgemacht:

Vor sechs Jahren stürmte eine SEK-Spezialeinheit mitten in der Nacht Briddas chice Wohnung - man ließ keinen Stein auf dem anderen. Das SEK ging nicht gerade zimperlich mit Terroristin Bridda um: Man warf sie im Eifer des Feuerüberfalls die enge Wendeltreppe hinab - und das war noch der angenehme Teil. Es folgte vor Ort ein lautstarkes Pingpong-Verhör. Britta hatte Fragen. Diese SEK-Knüppler irrten sich in der Adresse und lokalisierten Briddas dekoratives Schöner-wohnen-Refugium als Bombenbauerwerkstatt. Um das zu verdauen, brauchte Bridda ein Weilchen. Kleinlauter Truppenabzug erfolgte - ohne Bridda eine Visitenkarte für ihre Versicherung auszuhändigen. Bridda war komplett unschuldig. Sie kannte nicht mal jemanden, der über unzählige Ecken einen Schläfer hätte kennen müssen. Sie war Bridda, einfach nur Bridda.

Fälliger Wohnungswechsel, zwei Selbstverteidigungskurse, ausgewachsenes Pfefferspray-Arsenal und ein neues Nachthemd später, geschah etwas aus der Abteilung „Surreal-Déjà-vu": Wie Jens der Presse einst entnehmen konnte, wurde die gute Bridda erneut Opfer staatlichen SEK-Irrtums - aber dieses Mal kamen sie nachts mit Heli. Bridda war erst kürzlich in den 21. Stock vom Mundsburg-Tower gezogen, hatte ihre Haustür verrammelt und die Alarmanlage vorschriftsmäßig aktiviert - man weiß ja nie. Seit langem fand Bridda endlich Schlaf. Durch berstende Fensterscheiben, es war gegen drei Uhr morgens, sprang das identische SEK-Kommando in Briddas Schlafgemach und schoss sich den Weg zur mutmaßlichen Drogenküche frei. So schnell kam Bridda dann doch nicht an ihre Pfefferspray-Schatulle. Chaos, Verwüstung, erneute Beschimpfungen. Am Tonfall erkannte Bridda jenen SEK-Truppführer und riss ihm die Maske runter - ein recht unglückliches Wiedersehen.

Die Heli-Besatzung empfing das Entwarnungs-Signal und drehte sofort ab, man wollte nicht schon wieder dazugehören. Der Rest vom SEK-Trupp bat abermals um Entschuldigung, als Bridda unter sanftem Schock allen Beteiligten Chai Latte aufbrühte - mittels einzigem technischen Gerät, was in ihrer zerfetzten Drogenküche noch auf Knopfdruck

reagierte. Bridda empfand es nicht mehr als Bedro-
hung, dass sie schon wieder extrem ungebetene
Gäste hatte - diese ganze Action gehörte offenbar
zu ihrer Vorsehung. Seither lebte sie angstfrei. Was
sollte Bridda noch geschehen?

Jens kann Bridda lesen. Wie Bridda beim Experi-
mentieren mit Textverarbeitung mehr und mehr aus
sich herauskommt und einfach kleine Dinge gestal-
tet, gar bastelt, kindliche Freude zeigt - schön zu
sehen. Bei Xing ist Jens mit seiner Jobrecherche
auch durch. Ziemlich mau heute. Solche Tage gibt
es schon mal. Jens guckt im Raum herum: Eine
Reihe vor ihnen hockt dieser seltsame Typ, dem der
Umgang mit Drag and Drop auch bereits bekannt
ist - Fullscreen-Ballerspiele flackern über seinen
Monitor, Söldner kesseln glibberige Aliens ein und
legen alles in Schutt und Asche. So oder so ähnlich
ließ man Briddas zwei Wohnungen einst fachkun-
dig zerlegen.

BUTTERPFOTE

(Auszug: Häppchen-Epos „Out of Dulsberg")

Fast immer, wenn Jens überfällige Abfallreste in den Eimer unter seinem Badezimmerwaschbecken wirft, spult er zurück - letzten Sommer, es trug sich zu im China-Restaurant: Da flüchtete Kollow vor seiner Ex-Freundin, der reizenden Gymnasiastin - einst hübsch dem Höppner-Robocop-Spinner ausgespannt. Wie sich rausstellte, war sie auch nicht ohne, servierte Jens nach knisternden Wochen gnadenlos ab.

Jens ortet die weibliche Person, die einst ihre Rolle als unverbrauchtes Supergirl mit Drive und Mähne völlig unprätentiös spielte. Lang her. Gut so. Es ist auch nichts geblieben. Cash deponiert Jens im Rechnungsmäppchen und nimmt seinen finalen Schluck Malzbier. Möglichst rasch will Kollow das China-Restaurant verlassen, Prio: unauffällig. Er riskiert noch einen Blick - sie weilt in Gesellschaft vom igelhaarigen, einsfünfundneunzig-Muckibuden-Formfleisch-Athleten beim Pekingenten-schmaus und hat sich ziemlich zum Schlechteren gewandelt. Raucht eine Fluppe nach der anderen, die einzigartige Babyhaut - mittlerweile zu Nikotinleder verkommen. Soviel steht mal fest: Kollows Nachfolger, dieser schnöselige Student, dieser Björn, hatte er auch einst das Herz seiner Luxus-Gymnasiastin gestohlen, sitzt heute nicht mit am

Tisch unserer Liebenden. Wie sackte sie denn so tief ab? Immer wieder begrabbelt der getoastete Bodycoach ihre dürren, gelblichen Fingerchen: Da geht's um seine Zigarettenschachtel, beide kichern - es klingt nur dämlich. Die Vorstrafenakte vom muskelbepackten Brustkorbmenschen ist sicher so mächtig wie King Kongs Morgenlatte - beim Kauen krosser Ententeile verursacht das Bodycoach-Gebiss ein Geräusch, als würden im Schlund auch Blitzwürfel zermalmt. Der Mann könnte eine ganze S-Bahn auffressen - unangenehmer Typ unterm Strich (Max Cady aus „Cape Fear" - gespiegelt zum Bodycoach wäre er schon angenehmer zu ertragen).

Irgendwie mag Jens keine Entdeckung durch diese Endzeitversion seiner Ex-Hauptgewinn-Gymnasiastin riskieren. Gut möglich zwar, dass sie Jens gar nicht mehr in ihrem Spatzenhirn unterbringen kann - egal, null Risiko, besser man gibt dem Gorilla keinen Anlass zum Durchdrehen. Sie kichern schon wieder. Gute Gelegenheit. Im Schutze asiatischer Brunnendekoelemente mogelt sich Jens Richtung Notausgang - wieselflink und kaum zu stoppen prallt er mit einem Kellner zusammen, dessen balancierte Tellergerichte spektakulär abheben und diesen ahnungslosen Gast besudeln, der mit perfektem Timing vom Toilettengang zurückkehrt. Tohuwabohu. Zwei randvoll mit Reis gefüllte Schüsseln bollern auf den Turteltäubchentisch - der Gorilla ist wach. Jens auch - Fieber, alle starren Jens an, dickes Fieber, Notausgang! Jens rennt weg. Weiter, raus hier! Er ist rückseitig fast schon durch, da wird Jens vom Kochazubi (riesiger Typ, fleischige Ohrläppchen, mächtiges Gesäß) im Hinterhof gestellt. Kurz und knapp erklärt Jens Grund und Anlass seiner Flucht. Verschwitzt grinsend findet der Kochazubi diese Story recht spaßig - und so berichtet er nun Jens aus seinem Leben:

Nachdem der erste Ausbildungsbetrieb dicht machte und sich kein neuer Job fand, heuerte unser Kochazubi hier im China-Restaurant an. Lieber wollte er doch Patissier werden, wartete also auf seine Chance und schlug sich bis dahin mit Stäbchen, Frühlingsrollen, Bambus und Ente süß-sauer rum. Schon sein erster Lehrherr nannte den Kerl „Butterpfote". Und diese drollige Bezeichnung war ihm auch hier, innerhalb chinesischer Küchenbrigade, geblieben: „Buttee-Ffootee", sprachen sie es aus. Außer Atem lauscht Jens Butterpfotes ganzer Historie und schielt Richtung Korridor - von dort wird der mit Reis beklebte, sonnenbankverstrahlte Pumpgorilla kommen, schon sehr bald. Kollege Butterpfote steht da, mit großem Müllkübel und dickem Herz, fragt nur, ob vorn >>die Rechnung glatt wäre?<<, feixt sich eins, wünscht gutes Gelingen und händigt Jens strahlend den leeren Ketch-

upeimer aus - auf spontanen Wunsch des Flüchten-
den. Butterpfotes Händedruck ist erwartungsgemäß
ziemlich klebrig. Jens kann entkommen. Kopfschüttelnd marschiert Butterpfote lauthals lachend
in seine Küche zurück. Einer von den Guten.

Gegenüber aus dem Badezimmerspiegel grinst Butterpfote Jens immer noch breit an. Ein wahrer
Freund in der Not. Es lief ja noch glimpflich ab -
den alten Ketchupeimer gab es obendrauf. Jens sah
Butterpfote nie wieder. Ob sein neuer Buddy diesen
mächtigen Gorilla noch niederstreckte? Eine her-
beigesehnte Szene. >>Danke dir, Butterpfote! Dein
Eimer tut hier unterm Waschbecken gute Dienste!
Du wirst deinen Weg schon machen.<<

EISVERKÄUFER RELOADED

80er-Jahre-Kinosaal: Trailer gelaufen, Werbeblöcke durchgespult - sanft wird die Leinwand vom dicken ausgefransten Vorhang verhüllt. Nochmals hellen Wandstrahler unseren Kinosaal auf. Ich sitze Mittelblock, Reihe 8, außen zum Gang - so bleibt wenigstens die rechte Flanke frei. Mein voluminöser Daunenparka wird auf dem leeren Sitzplatz links von mir verstaut. Ein Ticket, zwei Plätze, super.

Ältere entsinnen sich: Man hätte im heimischen Puschenkino selbstgekritzelte Videokassettenliste durchstöbern können - aber auf dem Klappsessel, der echten Leinwand gegenüber, hier gehören Kinofilme hin. Mit allerlei Hüftgoldwegbereitern an Bord scheppert der überladene Handwagen in den Kinosaal: „Noch jemand Eis?" Animiert vom einzigen Vormucker zücken immer mehr ausgehungerte Kinogänger ihre Geldbörsen und winken den Eisverkäufer zu sich. Die Uhr läuft - im Grunde ist man ja wegen Filmgucken hier drin. Dieses rätselhafte radikale Verzögerungsszenario wird auch heute wieder zelebriert - Kübel voller Zuckerplörre kommen unter's Volk. Und plötzlich quillt aus maroden Boxen Roland Kaisers legendäres „Santa Maria"-Intro! Wahnsinn - das einzige Wort, was es richtig beschreibt (wie auch General Stilwell in Spielbergs „1941" treffend analysiert). Eisverkäufer kassiert ab, Publikum hamstert Vorräte griffbereit auf den Konsolen mit diesen niedlichen Lampenschirmchen - massenhaft potenzielle Rascheltütenware ist dabei. Hoffentlich wird's ein sehr lauter Film.

Holla, die Waldfee - mein Sitznachbar zur Linken erscheint doch noch und präsentiert mir seine zwischen den Zähnen aufgeweichte Eintrittskarte. Verfrüht also habe ich naiv triumphiert, heute genug Platz um mich herum zu wissen, rolle den Daunenparka gutmütig auf, quetsche ihn zwischen meine Beine und gebe links kostbares Terrain frei. Zwar hat der neue Nachbar nur ca. 49 Kilo, er balanciert aber einen 3,5-Liter-Cola-Eimer - randvoll. Diesem Gerippe gebe ich bis Filmminute 15, dann rennt der Typ bestimmt zum Klo - und ich muss ihn durchlassen.

Mit Scannerblick filtert der ruhige Eisverkäufer mehr Kunden: „Sonst noch jemand?" Ich hocke da und flehe grimmig bei mir: „Niemand, niemand! Los, raus, Tür zu, Ruhe, dunkel werd's! Und schmeiß' den Projektor an!" Auch der letzte halb verhungerte Kinogast wird von unserem Mann hier drin mit Engelsgeduld bedient. Dann schiebt der Eisverkäufer ab, sein Handwagen rumpelt Richtung Ausgang, die Miniräder gurken über Popcornbrösel drüber - jetzt nur keine Panne! Foyer ist fast erreicht, ja, das sieht gut aus! Da wagt es einer aus zweiter Reihe, den ohnehin lahmarschigen Transport zurückzubeordern! Der Neukunde, Ivan Drago nicht unähnlich, hat wohl noch keine Chips. Eisverkäufer also retour. Produktauswahl dauert. Ich möchte rufen: „Mach schon, weg endlich mit dieser Grübel-Fratze! Greif hin, gib Ruh' und iss' das Zeug am besten erst nach dem Film!" Traue mich das bei Drago aber nicht, pruste vor mich hin. Mein Sitznachbar, der dünne Strich, setzt zum ersten Schluck an. Um uns herum wird Eiskonfekt, Popcorn und Bier verteilt, irgendwie auch familiär. Ich schiele zur Uhr. Vorne in Reihe 2 hat Drago seinen Proviant komplett - mit feist freudigem Grinsen reißt er sofort mächtige Tüten auf. Das wird hier noch ein Superabend. Jemand lässt eine wohl dosierte Batterie Salzstangen über unsere Sitzreihe wirbeln.

Endlich zieht sich unser Eisverkäufer zurück, die Beleuchtung wird gedämpft, fieses Ohrwurm-Gedudel verstummt - es ist still und dunkel. Wenn jetzt einer nach Zigaretten fragt! Winzige Lämpchen unterhalb der Sitzreihen - wie Glühwürmchen schimmern sie über der Auslegeware und spenden wohlige Kinostimmung. Einen friedlicheren Ort kann es nicht geben. Doch! Das Gerippe, mein direkter Sitznachbar, furzt wie ein Fernfahrer. Wäre ich bloß zu Hause geblieben! Bei meinem Videorekorder! Gut, VHS-Qualität ist nicht das Gelbe vom

Ei, einige Tapes sind mir auch schon zerpflückt worden, aber man kennt das nicht anders, es sind die 80er. Allerdings hat man zu Hause die luxuriöse Option zu lüften, wann immer man will - hier drin nicht. Wieder ein Gerippefurz - leiser, schlimmer noch als die erste Verpuffung.

Der angehobene Vorhang gibt verheissungsvollen Blick auf unsere Leinwand frei, lang herbeigesehnter Projektorlichtstrahl durchschneidet endlich diese Finsternis, Staubpartikel tanzen im Schein auf und ab: Verleih-Logo, Soundtrack-Opening - dafür gibt es Kino! Kamerafahrt in Bodenhöhe durch wehendes Laub, Main Title entfaltet sich - so möge es weiter laufen, tolle Bilder!

Inferno auf 6-Uhr-Position - dieser üble Soundeffekt gehört nicht zum Film: Kräcker-Alarm! Hundertneunzehneinhalb Minuten können hart werden - prollige oder als Ventil fungierende Lacher an total falschen Stellen, von hinten durch polsterbohrende Knie, Krawallnieser, Fingerknochenknacker, tuschelnde Verräter, ihrer einzigen Leidenschaft schamlos frönend - detaillierte Vorhersage der folgenden 30 Filmminuten, manchmal auch mehr. Und: Snackschmatzer, jenes Pack, das ungehemmt mit Knistertüten hantiert, drauflos mampft und sauer aufstößt - Drago da vorn ist nur einer von ihnen. Zu allem Überfluss: Mein linker Sitznachbar hat seinen Coke-Eimer schon runtergekippt - man muss nicht speziell schwach auf der Blase sein, da war einfach zu viel Flüssigkeit im Spiel. Mit verkniffenem „Kann ich mal?" klettert das Gerippe an mir vorbei.

Irgendwie schlimm endet dieser Spuk. Wenn der Filmvorführer hier seinen Job ernst nimmt, darf man die End Credits in voller Länge sehen und hören - ich mag ja besser nicht darauf wetten. Hastig springen die ersten Wilden aus ihren Sesseln, logische Folge: massive Auflösungserscheinungen. Nachokrümel hinten im Kragen erinnern mich an mein Schulhoftrauma: als mir eine Handvoll Hagebutten-Juckpulver den Rücken runter rieselte. Ratsch - aus, Bild weg, Musik sowieso, Abspann abgehackt! Ich stehe auf - im Gedränge und Geschiebe walzt Drago dann alle Leute raus ins Foyer. Also wieder Homevideo. VHS-Tape? Kannste knicken. Es wird wahrlich Zeit für die Erfindung der DVD.

DAS SINKENDE SCHIFF

Herbst 2011, fremde Stadt, irgendwo in Süddeutschland. Ein Metallverarbeitungsbetrieb, gegründet in den 1940er Jahren. Ich trete dort als Zeitarbeiter an. Bin auf Geheiß vom Busfahrer verfrüht aus dem Bus gehüpft, dann planloser Fußmarsch, frage seltsam sprechende Leute, höre haufenweise kreative Wegbeschreibungen, klang gestern per Routenplaner alles ganz anders. Traue keinem mehr. Mist, zu spät am ersten Tag.

Mein Auftritt in der Firma um 7:30 Uhr, alle sind schon eine halbe Stunde lang am malochen, bekümmert niemanden. Die Leute haben ganz anderes vor der Brust: Werksschließung, man verwaltet das baldige Ende. Ware muss kommissioniert werden, um jede Menge Lkw-Ladungen Richtung neuer Standort loszuschicken. Keiner von den Arbeitern hier, meistens sind sie fünfzig, fünfundfünfzig plus, wird seine Stelle behalten. Der Ton ist hart aber herzlich, so herzlich, dass gar keine Illusionen aufblühen.

Versandabteilung: Faltboxen, Kartons, Stopfmaterial und Luftdrucktacker - die Standardbewaffnung. Komme mir so vor wie einer, der Günter Wallraff nachahmt, undercover, in Latzhose, gestellt von dieser Leiharbeitsfirma - über deren Logo trage ich mein rustikales Hemd. Bin ja ein Kerl, hoffentlich

schneide ich mich nicht irgendwo dran - wäre un-
günstig, Blut kann ich überhaupt nicht sehen.
Merkwürdig, im Versand wirkt es als freuen die
sich über mich - kann auch an der „Endzeitstim-
mung" liegen. Mein direkter Kollege: sehr in Ordnung. Es gab in der Historie schon ganz andere
Bolzen.

Im riesigen Lager suche ich nach Ansage und Liste
Eisenteile aus 1000 und einer Nacht. Einige Expo-
nate finde ich nicht und gurke enttäuscht mit dem
Rollwagen zurück, Richtung Versand. Man ist gnä-
dig mit mir, dem Fischkopp in Oberbayern. Der
Kollege führt vor, wie ich die Eisenteile verpacken
soll. Im Versand röhrt alle paar Minuten eine ble-
cherne Lüftung und liefert gemütliche „Schiffsat-
mo". Mein Kollege schleppt Ware heran und ordnet
sie unübersichtlichen Auftragsscheinen zu. Ich, der
Neue, bringe hier und da Sendungsnummern samt
Adressen durcheinander inklusive Strichcodes -
habe Glück, mein Kollege ist auch Mensch, alter
Hase sowieso. Auf einem sinkenden Schiff.

Durfte heute meine erste Rohrpost abschicken!
Schon viele Firmen gesehen, aber nie war Rohrpost
dabei! Irgendwie magic: Rohrpost. Jeden zweiten
Tag werden Käuferinteressenten über das Betriebs-
gelände geführt. Wir im Versand beobachten das.
Bedrückendes Gefühl, obwohl ich persönlich hier

keine dreißig Jahre durchgeknüppelt habe - bin nur Zaungast des Auflösungsprozesses. Hatte über die Jahre immer mal mit dem einen oder anderen Arbeitsamt zu tun, aber meine Kollegen hier, die kennen das nicht, für sie ist das fremd. Ihnen bedeutet das Werksgelände Heimat. Man ist direkt damit beschäftigt, sich hier abzuschaffen - jeder Handgriff, jede Gabelstaplerbewegung, alles Machen und Tun hat nur ein Ziel: Ende des Monats ist der letzte Tag, dann wird dieses Werkstor geschlossen. Mein Kollege im Versand berichtet, dass er jetzt los muss. In der Kantine sitzt heute ein Mann von der Arbeitsagentur - gesammelt werden dort die Anträge der Noch-Belegschaft aufgenommen. Vorher werde ich zur Toilette geschickt.

Bei meinem Gang über den Werkshof vom Versand rüber zum Klo stehen in irgendwelchen Ecken mindestens zwei Arbeiter zusammen und diskutieren. Ich bekomme nur Wortfetzen mit, es dreht sich natürlich um Abfindungen, Pläne, Sorgen. Wiener Melange kostet in dieser Montagehalle am Automaten 25 Cent. Fair. Schmeckt im Wiener Kaffeehaus vermutlich anders. Der geriffelte Plastikbecher wird gluckernd voll gepumpt - okay, bin in Sachen Wiener Melange keine Koryphäe. Zumindest wärmt dieser Trunk.

Zurück im Versand versuche ich, frisch via Rohrpost eingetroffene Lieferscheine zu deuten. Frustrierend. Nach einer Stunde ist der Kollege wieder da - er hat es hinter sich gebracht. Wie alle in der Kantine. Ist ihm auch anzusehen.

Mittags ratsche ich mich beim Einpacken einer recht voluminösen Stahlfeder mit dem spitzen Ende in den kleinen Finger der linken Hand: etwas Blut. Stuntman wäre nichts für mich - benommen und abwartend starre ich auf die Wunde. Mein Kollege reicht mir Desinfektionsspray und Pflaster - pffft, behutsam eingesprüht. Ich umwickle meinen verletzten Finger und lege mich prophylaktisch hin, Beine hoch. Superszene. Bin voll ansprechbar, doch ist es kaum die Position, die man sich so wünscht. In dem Moment kommen sechs Arbeiter mit sechs Blaumännern rein und gucken zu mir herab. Sprachlos sind sie. So was gab es bislang nicht im Betrieb, lese ich aus zwölf Augen, plus zwei meines Versandkollegen, also vierzehn. Fühle mich hier unten ein bisschen wie Joachim Króls Norbert aus „Der bewegte Mann" (als Norbert im Fitnessstudio zu Boden geht und kölsche Muskelmänner glotzend um ihn herum stehen).

Dem Finger geht's auch wieder. Mit einem uralten Hubwagen bugsiere ich die rumpelnde Gitterbox vom Versand raus zur Rampe.

Der Paketfahrer, schnaufend und rauchend verlädt er die Waren, grinst - ihn freut es, dass bald, „wenn diese Mist-Firma hier dicht ist", von seiner Seite her nichts mehr aufwendig zu machen ist, auch sei er so unter Zeitdruck. Typ: Hektiker, nervende Stimme. Lautstark und ungeniert lästert der Paketfahrer vergnügt weiter über den „alten Scheiß-Laden" - es ist dem Mann völlig egal, wieviele meiner Kollegen ihn hören können. Ältere Leute, die in ein paar Tagen beruflich vor dem Nichts stehen.

Im Versand sind noch Dokumente zu unterzeichnen - nörgelnd ascht unser Paketfahrer flüchtig seine Kippe weg und spult pausenlos makaberes Blabla ab. Ich sage zum Paketfahrer: „Wenn Sie ganz dolle unter Zeitdruck sind, denn trödeln Sie hier so rum und erklären uns dabei noch die Welt?" Ziemlich cool. Aber auch nicht wirklich cool - weil just wieder unsere Lüftung los röhrt, bekommt der Hektiker kaum was mit. Nur eben, dass ich ihn anspreche. Er nickt mir hektisch auffordernd zu und fragt: „Hä, was is' denn?" Also lasse ich mein Sprüchlein noch mal los - es kommt aber nicht mehr so dynamisch rüber. Nie, beim zweiten Mal. Dieser Mensch merkt schon gar nichts mehr, verstaut letzte Pakete und lässt mich stehen.

Tage danach wurde ich krank geschrieben. Nicht wegen des Fingers. Fette Erkältung. Etwas später

segelt die Kündigung ins Haus - schlechte Auf-
tragslage beim Kunden der Leiharbeitsfirma. Ich
dachte, ich würde die Kollegen auf dem Werksgelände wiedersehen - die meisten Menschen wirkten,
selbst unter den Umständen dort, sympathisch.
Zwar rustikal, aber auch komplett kollegial. Der
eine oder andere Ex-Kollege wird sich bald bei der
einen oder anderen Zeitarbeitsfirma wieder finden:
zehn, fünfzehn Jahre älter als ich.

BERGEN-BELSEN

25. Mai 1988, Klassenfahrt zur KZ-Gedenkstätte Bergen-Belsen. Der dunkelrote Schienenbus bringt die Klasse H9b heute diesem Ort entgegen, vier Wochen vor Schulentlassung. Es ist meine erste Fahrt in so einem Schienenbus. Während der Anreise spielen Mitschüler PS-Boliden-Quartett, haben Spaß und vertilgen pro Nase etwa sechs Raider. Rausgucken. Ich bin siebzehn.

Ganz schön lange her, da schenkte mir mein Vater ein Minitrix-Schienenbus-Modell - es hatte farblich sehr viel Ähnlichkeit mit unserem heutigen Transportmittel. Die Welt war damals kleiner - die Kindheitswelt. Mein Bruder und ich bekamen Kriegsgeschichten erzählt, damit wuchsen wir auf, jedoch waren es für uns nur Geschichten. Nach der Trennung unserer Eltern, wenn sich spät abends die Möglichkeit bot, glotzten wir Brüder „Vor vierzig Jahren", eine S/W-Dokureihe mit scheinbar unendlichem Kriegsberichterstatter-Material. Faszinierend-verstörend. Nie selbst, welch' Segen später Geburt, am eigenen Leib erlebt.

Die Quartett-Runde gipfelt im lautstarken Stech-Finale. Rollten über unser Gleis schon ganz andere Züge? Ist jedenfalls ein Sinnbild, diese Frage - unterwegs zum ehemaligen Konzentrationslager.

Horrorgefühl. Umsteigen. Weiterfahrt im Reisebus. Gedanken. Noch einige Kilometer. Drauf zu. Ankunft: Die H9b von der Heimgartenschule aus Ahrensburg in Bergen-Belsen - mit Reisebus. Was haben wir Teenies für ein unfassbares Glück.

Liegt etwas entfernt ein Truppenübungsplatz? Es wird geschossen, auch hören wir dumpfe Detonationen - irrer Kontrast zur leisen KZ-Gedenkstätte, Unbehagen von nebenan. Andere Schülergruppen sind eingetroffen, bunte Farben, beruhigend - der wahre Horror ist lange her. Auch springen (wie ich vermute) englische Soldaten von Transportern runter und sehen sich um. Die kommen von nebenan.

Eingang Dokumentenhaus, wir gehen hinein. Beklemmung. Fotos. Fundstücke. Filmaufnahmen: monströse Bulldozer, die Schaufeln voller Leichenreste. Wer hat das nur getan? Und wer filmte - sei es aus Glorifizierung oder für Beweislast? Wobei letzteres natürlich unsagbar menschlich ist.

Ausgang Dokumentenhaus, weiter über einen Weg, an Massengräbern entlang. Einige Schüler bemängeln achtlos: „Man sieht ja gar nichts!" Ich begreife es nicht. Was erwarten die denn hier? Etwa Darsteller in gestreiften Kostümen? Oder mechanische Figuren - wie im Hansa-Park?

Reicht die Tatsache auf authentisch-gnadenlosem Boden zu stehen nicht aus? An unsere Rückfahrt erinnere ich mich nicht. Nur daran, dass es eine Rückfahrt für uns gab. Schulschluss, einen Monat später. Es vergehen fünf Jahre, dann komme ich diesem Bergen-Belsen wieder näher:

1993, Grundwehrdienst - unsere Kompanie verlegt zum Manövergebiet Bergen-Hohne (jenes Areal, dessen Geräuschkulisse ein paar Jahre zuvor die Schülerohren der H9b verwirrte). Ölmief, grollendes Motorbrummen, Enge - mit anderen Rekruten kauere ich im Schützenpanzer Marder. Über uns feuert die Bordkanone fleißig auf getarnte Feindpanzer-Attrappen - die Einschläge hört wahrscheinlich jetzt eine andere Schülergeneration, eben steigt sie am Parkplatz der KZ-Gedenkstätte Bergen-Belsen aus dem Reisebus. 2010 werde ich Vater von Zwillingen. Sie dürfen leben.

THE LEGEND OF DJANGO MAIL

Man schrieb das Jahr 2001, Kleines Theater, Bargteheide. In der Pause vom Kurzfilmfestival musste ich aufs Klo. Schöne Veranstaltung - bisher. Mein putziges MiniDV-Machwerk „Django Mail" war als letzter Beitrag des ersten Filmblocks eben noch über ehrwürdige Bargteheider Leinwand geruckelt: Kurierfahrer Murphy, so eine Art Batman der Paketzustellerzunft - ihm folgte die Kamera auf seiner Tour, sportlich geschnitten. Kunst ist relativ. Auch zwölfjährige Kids hatten Videos für diesen Abend ins Rennen geschickt.

Zwei Männer betraten den Sanitärbereich und fachsimpelten trocken wie Oberstudienräte zum bisherigen Bilderreigen. Durchaus an ungefilterter Kritik interessiert, ließ ich mir Zeit im Abteil - hinter der Schutzwand. Komplett irritiert wunderten sich beide Toilettenbesucher über meinen Filmbeitrag, einer zum anderen: „... was hat er gemeint?" Diese zwei ratlosen Oberstudienräte konnten vorerst keinerlei Erklärung finden. Ich tat beschäftigt und wartete, um die Magie des Moments nicht zu torpedieren, weiter ab - drauf spekulierend, man würde mit klitzekleiner Chance eventuell Schreibers Bildkompositionskünste lobend erwähnen. Nichts dergleichen. Brummelig wuschen beide Kritiker ihre Hände, verließen die Szenerie - dann erst betätigte ich zaghaft lautzischende Toilettenspülung.

Reine Fiction - „Django Mail" wollte nie real sein, merkten diese zwei Gelehrten das nicht? Mit etwas Abstand war ich wieder im Kinosaal zurück und freute mich wirklich - es lauerten dort keine Reporter mit Rückfragen. Und elitäre Sitzreihen, besetzt von nörgelnden Oberstudienräten, lagen auch irgendwo ganz hinten. Viel später am Abend sollte mein Kurzfilm bahnbrechenden 2. Platz holen, aber soweit konnte ich noch nicht phantasieren. Fröhliche Videokids sahnten in Bargteheide ebenso ab - ich hatte Glück.

Ein paar Monate zuvor: Attacke vom Berner Sennenhund (aufgerichtet dem Kodiakbär nicht unähnlich) - inspiriert durch meinen Postbotenjob wurde jene Kurzfilmstory ersonnen, welche knallharten Alltag des kernigen Kurierfahrers Murphy zeigte. Hochzeitsfilmchen, Babyvideos, Wischmopp-Instore-Commercial für eine Reinigungsmarke und tonnenweise Zufallsmaterial landeten in meiner wild bevölkerten Schnittsoftware-Timeline. Faszinierend wieviele Stimmungen ein Cutter spielerisch mit Clips, Sounds und Musik (auch plötzlich ganz von zu Hause aus) kreieren konnte - Auge um Auge, Frame um Frame. Dann kam „Django Mail":

Beim Kreisjugendring Bad Oldesloe hatte ich eine Videokamera ausgeliehen, und schon ging es los. Womöglich war das exakt mein Problem. Nichts gegen Spontaneität am Drehort, doch existierten nur Scriptfragmente und höchst unschön anzusehende Storyboards - ich selbst konnte zwar erkennen, was da grob erstmal vor sich gehen soll - jedoch Fakten, Eckpfeiler oder auch eine runde Geschichte hätten ja wirklich nie geschadet.

Das komplette Kurierfahrer-Ensemble brachte ich damals freilich nicht zusammen - vorerst blieb der gute Murphy, hartgesottener Haudegen und Ausbilder, allein on the road. Gecastet für diese Rolle wurde ein Nachbar, der kam äußerlich meiner Visualisierung verdammt nah und konnte Autos rasant benutzen. Ich fragte also, ob das Projekt einfach mal was für ihn wäre? Anscheinend blinkte sein Terminkalender auf sehr frei, und zack hatte Hansen den Job. Kurierfahrer Murphy und Kameramann Schreiber rasten durch Ahrensburg, Ahrensfelde, Hamburg und über Schneepisten (letzteres nur in Gedanken - ich sparte mir sowas für kommende Spielfilmfassung). Murphy quatschte hinter'm Steuer davon, direkt zur Kamera, dass die ultimative Spezialfirma, bestehend aus mehreren verwegenen Kollegen, für härteste Kuriereinsätze fähig war. Als Gegenspieler Wild Bill Lombard kam damals nur mein Kumpel Karsten in engere Wahl - sein Character versuchte hartnäckig, Murphys gehütete Ladung abzujagen. Für VFX-Spielereien wurde Henning „Pixel Knight" Lüthje angeheuer, was sich rasch bezahlt machte, denn beim Dreh gingen uns sehr früh die antiken Silvesterböller aus. Lüthje kann ich empfehlen, wenn es krachen soll, ohne Stuntcrews mehr als nötig zu gefährden.

Freestyle - treiben lassen, Videos schneiden auf Filmmusik und Bauchgefühl. Dies war nur möglich, wenn keine externen Geldgeber andauernd alle Leitungen blockierten, um zu hören, wieviel Budget noch übrig sei (in entsprechender Verlegenheit befand ich mich ja auch nicht allzu oft). Kurzfilm, eine Liga für sich - zwei, drei feingeschliffene 360-Grad-Uhrumrundungen. Überzeugen am Schneidetisch muss jeder Kurze - zünden vor Publikum wäre richtig gut. Zweifel hatte ich schon bei meinem ersten Beitrag für ein Kurzfilmfestival. Doch was sollte dieses Kurierfahrer-on-the-road-Video in irgendeiner Schublade? Das Teil brauchte Zuschauer. Ich würde aus dem Stoff in Zukunft sowieso meinen unabhängigen Blockbuster kreieren - Setting:

Deutschland 2021, verschanzte Vorgärten, alles ist härter geworden. Brennpunkte ausgebuffter Top-Kuriere: windige Hochhausschluchten, raue Landstraßen, tückische Hinterhöfe, streng gesicherte Garagen, Carports, Luxusgrundstücke oder Baumhäuser. Auf der Hut vor üblen Ghetto-Gangstern:

Verwegene Desperados - sie tragen keine Ponchos, aber ihre strapazierfähige Uniform schützt äußerst zweckmäßig. Hundenahkampf gehört zum Tagesgeschäft, blitzschnelle Reaktion bei Abwehr bisswütiger Bestien: unverzichtbar. Zumal sich Eigenheimbesitzer immer öfter auch Velociraptoren halten. Die Fracht ist begehrt, Diebesgesindel lauert überall: Offensiver Paket- und Kundenschutz - dass alle Teams fahrerisch topp und gut bewaffnet sind, zahlt sich aus. Desaströser Sachschaden kommt beim Einsatz schon mal vor - wenn geschossen, geboxt, gekullert, gerempelt oder gecrasht wird, dann im unblutigen Stil: „1941" meets „Police Academy", „Tom & Jerry"-Touch - obendrauf eine gute Kelle Nerdhumor.

Die fade Bezeichnung Lieferwagen existiert nicht in diesem Geschäft - Trucks heißen die rollenden Festungen. Durch manche Viertel streifen Bürgerwehren - an die Zähne bewaffnet, nicht immer freundlich gestimmt. Anything goes: Die Uhr läuft, „Django Mail"-All-Terrain-Vehicles fräsen sich in dampfenden Asphalt einsamer Autobahn-Canyons. Transportiert wird alles - zu Lande, über Wasser, durch die Lüfte. Natürlich sah ich beim heiteren Ideensammeln schon überbordende Merchandisingmaschinerie hochfahren. Gute siebzehn Jahre, nachdem der Vorläufer beim Kurzfilmfestival für wunderliche Furore sorgte, war es endlich auch mal Zeit für grandiosen Final Cut:

2018er-Doku-Fiction-Projekt „The Legend of Django Mail", gespickt mit unvollendeten Video-bauteilen, Insidern und Crew-Statements. Budget für Filmmusik sollte nie fehlen - soweit die Theorie. Noch bei meiner 2001er-Schnittfassung hatte ich Temptracks aus 70er-US-Serien wie „Streets of San Francisco" und „Rockford Files" verwendet. Für „The Legend of Django Mail" sagten glatt wieder alle angefragten Komponisten ab, Zufall? Ich erinnerte mich an ein Musikvideo (zwischen-durch für die Band Almost Amused zum Album „Now in a Timemachine" fabriziert) - Genre: Tight-rock made in Hamburg. Die Jungs von früher hatten nichts dagegen.

2026 wird diese merkwürdige Kurzfilm-Odyssee ein Vierteljahrhundert auf dem Buckel haben - mittlerweile könnte ich mir für die Langfassung durchaus Bully Herbig auf dem Regiestuhl vorstel-len (der ruft auch nie zurück - werde es mal bei Ridley Scotts Büro versuchen). „Rallye Express - The Movie" könnte nun als Titel passen, immer noch ein dynamisches Kurierfahrer-Epos:

Nach Wegfall des knechtenden Postmonopols über-schwemmten selbsternannte Paketdienstleister den verheißungsvollen Zustellmarkt. Sozial war einmal, Politik am Ende - Gier und Anarchie griffen um sich. Brennende Barrikaden, missmutige Polizisten, notorische Chaosverwalter, streunende Banden, geplünderte Supermärkte. Locker ans Werk schlurfende Feierabendboten schafften es nicht zurück aus ihren Zustellbezirken - verschüchterte Kunden warteten vergeblich auf ersehnte Päckchen. Einer, der als erster handelte, um dem wilden Treiben gepfefferte Handkanten entgegen zu bringen, war dieser alte Krisenkenner Bert Morlock (vormals: Murphy). Ärmel aufkrempeln und ab durch die Mitte: Morlock formierte „Rallye Express". Zwar nicht die einzige Spezialtransportmöglichkeit - jedoch hatten halbherzige Konkurrenten schon fast aufgegeben. „Alles Luschen!", wetterte Morlock.

Skurrile Macken der Protagonisten werden im Privatleben weitergeführt. Der Zuschauer möchte am liebsten oben mit im Truck sitzen - hier schnallt man sich besser an. Mindestens vier Kurierteams sind unterwegs: sympathische Leute, keine Schnullies, keine Püppchen, keine Diven, keine Quoten-Schwuchtel - wenn, dann richtig und mit guter Story. Geifernde Köter, laszive Strohwitwen, Pullunderbeamte, mobil operierende Radarfallen inklusive Verfolgungsautomatik - mit allen Wassern gewaschen, diese „Rallye Express"-Kuriere.

Terminiert die Ladung sicher durchbringen - das ist ihr Job, ob Geburtstagsteddy, Eiswürfel, Bade-schlappen, Weihnachtsstollen, Drehbücher oder nukleare Brennstäbe. Natürlich leistet „Rallye Ex-press" auch geschützten Transport von Massivgü-tern, etwa Landmaschinen, Papierwalzen, Einbau-küchen - das Geschäft boomt, kochen wollen alle.

Coppola: „Apocalypse Now", Schreiber: „Django Mail" - irgendwie fühlte es sich immer so an.

KOPIERER

In einer Zeit, wo Handys anmuteten wie kleine gelbe Häuschen mit Glücksspielmünzeinwurf und aufgenudeltem Duschkopf, kein Geschirrspüler über W-LAN verfügte und Hobbyautoren schleichend von mechanischer Schreibmaschine zur C-64-Textverarbeitung wechselten, lag meine Junggesellenbude über einer Ahrensburger Traditionskneipe, dem Schierhorn, Große Straße 29. „Ganz früher war mal eine Kegelbahn und danach sogar ein Kino hinten drin", hörte ich die Älteren schwelgen.

Schierhorn - uriges Hausen. Eigenhändig fabriziert wurden im ersten Stock literarische Blockbusterköstlichkeiten - zumindest betitelte so der Künstler selbst hausgemachte Pamphlete. Mein Kühlschrank gehörte zur Wohnzimmereinrichtung, fungierte als Thron des Röhrenfernsehers - das klobige Teil ruhte obendrauf und bewegte sich nicht. Abgespielt über einen vom Munde abgesparten Grundig-Camcorder, groß wie eine Bazooka, trieb die VHS-Videokassetten-Ära ihre Blüten - Kino kam nach Hause. Studieren und zurückspulen, sowas war dann auf einmal möglich. Über Kabel wurde Röhrenklotz und Videokamerakeule verbunden: Kühlschrank-Kino! Es gab auch andere Tage, dann saß ich über komplette Filmlängen an meiner Kamera, glotzte in schummrigen Sucher rein und „schwenkte mit", immer dann, wenn im Film Kamera-schwenks und Kamerafahrten visualisierten, wo es lang ging: „Thelma & Louise", „JFK", „Hook", „Grand Canyon", „Highlander", „Alien", „Jagd auf Roter Oktober", „Willow", „Field of Dreams" und aus Tradition altbekannter „Rambo III". Ja, das fühlte sich groß an - mit öligen Explosionen.

Schon wahrlich ein paar Nummern kleiner rangier-ten Schreiber-Scripts - der baufällige Nadeldrucker röhrte tapfer, spuckte stotternd verschmierte Origi-nale aus: ob nun das Drehbuch „Die Regentrude" (nach Theodor Storm) oder mein Exposé namens „Korngolds Epilog" (halbsurreales Drama über eine Rüstungsindustriellendynastie - Hauptrolle reserviert für Armin Mueller-Stahl). Um dieses Projekt anzubieten, brauchte ich frische DIN-A4-Kopien - Mueller-Stahl würde ganz sicher mindes-tens ein Exemplar zugeschickt bekommen, seine Adresse hatte ich längst recherchiert. Da fehlte ja nur noch ein überzeugendes Anschreiben.

Die Rolltreppe führte ganz hinauf: Elektrofachge-schäft Schauland im Hause Nessler - tonnenweise Filmmusik-CDs erwarb ich dort, legal. Nessler war auch interessant, weil hier das einzige Kopiergerät weit und breit öffentlich zu finden war, ebenerdig - jedenfalls nach meinen Recherchen. Zuvor galt es, den relativ anspruchsvollen Hindersnisparcours aus

Klamottenwühltischen und Kleiderständern unbeschadet zu überwinden - dann, schwups reihte man sich in die Schlange ein. Selbstverständlich war dieser eine Kopierer besetzt von Leuten, welche es sicher nicht so dringend hatten wie ein verkanntes Autorengenie, Anfang der 1990er-Jahre in Ahrensburg. Im garantierten Wartefall unterschiedlichste Gemütskategorien kopierender Mitbenutzer zu analysieren - und vor allem, selbst Ruhe bewahren, bevor man den Stecker zieht. Hier nur die drei häufigsten Fallbeispiele aus entmachtender Enzyklopädie des typischen Kopiergerätbesetzers:

Der Drängler, handfester Kontrahent. Drangsalierend, schupsend tritt diese alienartige Lebensform logischerweise erst auf den Plan, wenn man es tatsächlich selbst geschafft hat, eigene Unterlagen unter der leuchtenden Klappe zu platzieren. Das rüde Gebaren wird von übertriebener Atmung untermauert: Unkontrolliertes Schnaufen hat man hinterrücks wahrzunehmen, auch tritt erhöhter Speichelfluss auf. Devise hierbei - machen, dass man so schnell wie möglich ein aufmunterndes „... na, sie hamm ja viel mehr - ich lass' sie besser mal vor!" herausbringt. In den häufigsten Fällen erspart man sich durch diese Notkonversation knapp einen hinterrücks geführten tätlichen Angriff. Schon recht unangenehm dieser Zeitgenosse, denn Pazifismus war und ist hier in der Schlange, sie zieht sich gern bis zum Haupteingang, nie seine Sache.

Das alte Mütterchen, stets von besonderer Präsenz. Kaum vermag sie über kunststoffgeschmiedeten Deckel des Kopiergerätes hinwegzuschauen. Ihr Leiden hinsichtlich unabdingbaren Scheiterns an technischer Revolution äußert sich darin, jähzornig Groll über die von ihr beabsichtigten, aber nicht eingetretenen Arbeitsvorgänge des Kopierers zügellos kundzutun. Wenn auch eine Fehlanpassung des Schriftstücks und somit rein gar kein mechanisches Fremdverschulden vorliegt. Gänzlich unbewandert mit handelsüblichem Hightechfirlefanz brabbelt sie energisch antike Verwünschungs-Codes vor sich hin - ähnlich einem Hundebesitzer, welcher das Tier in unnütze Diskussionen versucht hineinzuziehen wie ein redseliger Talkmaster. Und wehe der Fehler im System stellt sich lediglich durch nicht neu aufgefüllten Papiervorrat dar. Mit kaum weiter verwertbaren Wortbeiträgen bodenloser Verwunderung wird herbei gekrächzter Uhren- und-Schmuckverkäuferin komplettes Leid aller Erden geklagt. Nach gefühlt zehn Minuten verweist hilfsbereite Angeflehte erfahrungsgemäß letztlich doch auf ihre wahrlich zuständige Kollegin aus brummender Schreibwarenabteilung - und Leerlauf gibt es dort ja kaum.

Der Experte, er legt penetrantes Gutachtergehabe an den verkaufsoffenen Sonntag. Ihm gehöre die Welt, auch ganz Stormarn, dieses Kaufhaus sowieso. Nicht enden wollende grobe Experimente, die offensichtliche Programmierfunktionen uneinsichtiger Maschine entblößen sollen, fährt er am laufenden Band - und nicht zuletzt: Mut des Gewieften. Mit schwerem Gerät heimischer Werkbank versucht unser Experte grobschlächtig wehrlose Mechanik im Inneren des aufgebrochenen Kopierergehäuses zu besiegen, malträtiert jedoch häufig bislang gar nicht betroffene Bauteile. Bis ihm akustisch-infernal auffällt, dass eine Kopie doch 30 und nicht 10 Pfennige kostet, kann wertvolle Zeit ins Land gehen.

Merkwürdig waren sie ja alle, ob vor oder hinter mir in der Schlange - individuelles Gefühlsroulette. Selbstverständlich verhielt ich mich vorbildlich in der Schlange - reine Körperbeherrschung. Später tütete ich jenes kopierte Exposé wirklich noch ein und stapfte von der Hamburger Straße durch original verschneite Hagener-Allee-Kulissen zur antiken Postfiliale: Na, guck, auch dort konnte man Kopien mittels Kopierer ziehen - diese Stadt war also doch feinstes Buchdruck-Eldorado. Mein Brief mit sprühender „Korngolds Epilog"-Filmidee war also unterwegs zu Herrn Mueller-Stahl - volles Risiko.

Längst geplant war auch, die Schierhorn-Kneipe zu kaufen, um dort eine Filmproduktionsfirma reinzubauen, alles unter einem Dach: Drehbuchhandwerker, Kameraleute, Cutter, Experten für Spezialeffekte. Und logo, die gemütlichste aller Kaffeeküchen - komplettes Filmemachen made in Ahrensburg. Noch etwas später ließ Mueller-Stahl schriftlich ausrichten, er sei in Richtung USA verzogen. Ja, schade. Wobei, ich drücke alle Daumen! Angebot steht. Zwar haben gefräßige Bagger das Schierhorn und somit auch meine Wohnung längst platt gemacht - jedoch, Script-Kopien sind gesichert, und auch den Umzug schaffte ich vorher.

ALTE DRÄHTE

Beide Kids in der Krippe abgeliefert, wieder zu Hause, Küchenchaos halbwegs beseitigt - mit dem allerletzten Geschirrspüler-Tab starte ich diese heilige Maschine. Ohne Tabs kann es eine verdammt lange Woche werden. Nachschub muss her, Tabs müssen her! Bin schon halb draußen - wo ist das Handy? Hatte das Ding gestern meinem Zweijährigen mit folgendem Rat überlassen: „… aber nicht runterschmeißen oder wegschmeißen! Halten und angucken darfste'! Okay?" Ich überlege, ob es sinnvoll wäre, eben in der Krippe anzurufen, um den Kleinen zu interviewen, vielleicht wüsste der noch, wo mein Allzweck-Handy hingepfeffert wurde? Ich lasse es. Der sagt mir das sowieso nicht, wenn er dafür nichts kriegt. Und seine Zwillingsschwester ist auch hart drauf - sie würde mir nur Dinge erzählen, die ich schon weiß. Oder bluffen.

Jetzt geht Kombinieren los: Worein stopft ein Dreikäsehoch das tolle Ding mit Knöppen dran? Suche alles ab: Sofaritzen, Schubladen, Heizkörper, Spielzeugkisten, Altpapiersack, Gefrierschrank, ja, natürlich die Kloschüssel. Schiere Verzweiflung will es so: Auch kontrolliere ich das Ladekabel. Es steckt selbstverständlich ohne Handy da, wo es stecken soll und ballert sich mit Elektroüberdosis voll. Reimen - immer tricky.

Handy ist abgeschaltet - so die ernüchternde Analyse beim Kontrollanruf. Mist. Einkaufen, also ohne Handy raus, während beide Kids in der Krippe ihren Tag meistern - ganz schlecht. Es könnten alle möglichen Dinge vorfallen (die höchstwahrscheinlich nie vorfallen). Und ich wäre mobil nicht erreichbar. Macht man nicht, so was.

Mit Chance - der Biomülleimer! Habe plötzlich einen mehr oder weniger glaubwürdigen Flashback: Der Kleine wandert mit meinem Handy davon, Richtung Flur, grobes Ziel: Küche. Unser Geschirrspüler summt und macht seinen Job. Ich höre da gerne zu, würde mir lieber noch einen Kaffee gönnen, muss aber jetzt an den Biomüll ran. Der Eimer ist gut voll und sollte längst raus - ich will mein Handy, ich will unbeschwert Tabs kaufen! Wie ich so im matschigen Eimer rumscharre, zwischen Haferbreijoghurtpampe, pieksenden Nussschalen, vollgerotzten Taschentüchern und nicht mehr reinen Windeln fällt mir meine allererste Rufnummer ein - aus der Zeit, da Telefonapparate mit Wählscheibe treue Dienste taten. Solche kabelgestützten Geräte musste man nicht überall suchen. Es kam noch ein echter Mensch von der Bundespost vorbei, um das Festnetztelefon anzuschließen - die Älteren entsinnen sich.

Es muss im Februar 1991 gewesen sein, da rief ich bei der Cinema-Redaktion durch, um mal eben die Nummer von Spielbergs Firma Amblin Entertainment zu erfragen. Als Nachwuchsautor hab ich lang genug rumgespielt - jetzt schnappe ich mir große Fische. Wie ich dort meine Super-Story an den Mann mit Baseballcap und Regiebart bekomme, weiß ich momentan gar nicht. Es wird sich schon im Gespräch ergeben. Die Cinema-Leute sind jedenfalls hilfsbereit - ich notiere mir Spielbergs USA-Nummer voller Stolz und noch mehr Angst!

Nach einem Schluck Malzbier lasse ich die Wählscheibe kreisen. Die superfreundliche Frauenstimme am anderen Ende der Welt vermeldet den Treffer: „Amblin Entertainment!" Geht alles zu einfach. Ich formuliere mein Anliegen: „Schreiber is speaking. Eimm-korrling-fromm-dschöhrmähnie-änntwonnt-toh-spiek-wiss-misstörr-Spielbörg." Zuerst denke ich, „... ne, das kauft die nicht, es ist aus", aber sofort danach gibt sie zurück: „Yes, wait a moment!" Klick, Knacksen, wieder Klick. Alte Drähte waren das. Hä, wie jetzt, „... wait a moment"?! Stellt diese Verrückte mich gleich mal so durch?! Schwitzende Hände. Was sage ich dem?! Am besten versuche ich, um das Eis zu brechen, die Antwort zu kriegen zum Rätsel: Warum nur drapiert in „Raiders of the lost Ark" bei Filmminute 13:53 der Student diesen Apfel auf Professor Jones

Lehrerpult? Da klickt es wieder. Und Spielberg ist wirklich dran: „Spielberg". Aus Making-of-Beiträgen kenne ich diese Stimme - das ist er. Hoffentlich verliert seine Büroangestellte nicht ihren Job. Die dachte sicher, „… wenn schon einer aus Germany anruft, dann wird's wohl der Eichinger sein." Spielberg hat's mit mir am Telefon geschätzte fünfundzwanzig Sekunden ausgehalten. So ganz erstklassig war mein Englisch nicht. Und irgendwie klang er beschäftigt.

Nebenbei, mein vermisstes Handy wurde auch nicht in der Mikrowelle oder sonst wo deponiert - alles wieder gut: Öfters mal Jackentaschen checken. Der Drops hatte es wahrhaftig da reingepackt! Meine Jackentasche! Seltsam, nach dem Fundort wurde ich andauernd gefragt. Wen interessiert das!? Highlight war doch dieser Transatlantik-Talk mit Spielberg! Logo, Spülitabs hab ich dann noch auf letzten Drücker im Laden bekommen. Künstlerpech, Spülerglück.

KLANGTEPPICH-WAHNSINN

Humorlos? Keine Spur, aber mindestens von den Socken, diese Soundtrack-Genießer - es mag global schon einige ihrer Spezies geben: Liebhaber instrumentaler Filmmusik, CD-Archivare, Flohmarktaufpicker, Gernreinhörer, Konzertbesucher. Download ist nicht ihre Sache. Auch nicht irgendwelche drauf geträllerten Songs. Soundtrack-Genießer wollen das Orchester hören, Synthes oder Crossover, gern auch ganz Verrücktes, jedenfalls muss es die individuelle Komposition einzig für den Film und seine Bilder sein. Original Motion Picture Soundtrack - und bitte schön keine obligatorische Song-Compilation (Ausnahme: Liedgut des „Rocky"-Märchens).

Mainstream beherrscht die Welt. Man kann zum Fantast, mindestens zum Feierabendphilosophen mutieren - dieser Planet ist schon hart, musikalisch. Das macht speziell Soundtrack-Genießer in wichtigen Lebensbereichen zu Exoten: Freundeskreis (ohnehin überschaubar), Ehe (nein, mit Familie geht es garantiert nicht auf Mars-Mission), Kollegen (man wird geschnitten, kriegt nur den kaputten Spind in finsterer Ecke). Soundtrack-Genießer - gewöhnlich hält man sie für verkorkste Spinner. „Die hören nun mal andere Musik", heißt es über sie. Wenn Queen, Reinhard Mey, Grönemeyer, Depeche Mode oder Uschi Blum im Radio gespielt werden, wechselt unser Soundtrack-Genießer auch nicht gleich den Sender.

Verwunderlich für Soundtrack-Genießer, wenn andere Kinozuschauer kaum Erinnerungen haben an jene Filmmusik vom gerade erlebten oder nur konsumierten Werk. Erquickt, jubelnd, enttäuscht, verstört oder gar heulend strömen Menschen aus dem Saal in das Foyer hinaus, diskutieren, lamentieren, tuscheln über Frisuren, Love-Songs (Vorsicht: vocal - nicht instrumental!), VFX, Stunts, Jokes, Tragisches oder Gemeucheltes - so was bleibt hängen, doch zum Soundtrack kann sich niemand äußern, bestenfalls noch: „... hä? War da irgendwo Musik?" Im Anschluß des „Jaws"-Screenings hätte man *möglicherweise* die Chance gehabt, 1975 etwas zu erfahren, ein Weilchen ist das her.

Einverstanden, Dogma-`95-Verfechter haben Abwesenheit von Filmmusik im klassischen Sinne als Konzeptbestandteil dieses Genres integriert - sei es ihnen gegönnt, natürlich ist Dogma `95 eine interessante Umsetzung. (Diese Zeilen hier widmen sich jedoch übrigen Produktionen, die ja auch Publikum finden.) Es gibt ernsthaft verkündende Stimmen, welche gar dozieren, dass Filmmusik nur „gut" ist, wenn man sie als Zuschauer überhaupt nicht wahrnimmt - sie, die Filmmusik selbst, sollte nämlich vielmehr im Unterbewusstsein wirken, dort als Klangteppich ... Solch' abstrusen Zustand möchte man bei „Star Wars", „1492", „Dances with Wolves", „Lord of the Rings", „Braveheart" oder „First Blood" lieber doch nicht herausfiltern. Ein Filmsoundtrack ist ein Character.

Öfters stiefmütterlich hingeramscht: Soundtrack-CD-Sortiment im Kaufhaus - irgendwo zwischendrin bei „Weltmusik", „Indie", „Urgelmurgel", „Alternate" oder „Musical". Bravo, da fragt man sich schon als treuer Soundtrack-Genießer: „Bin ich anders? Werde ich hier gleich runter zum schalldichten Kellerverlies abgeführt, um in diese Filmmusik-CD reinhorchen zu dürfen?"

Als wären sie Ed Woods' späten Schaffensjahren entsprungen: „Lotta aus der Krachmacherstraße" und „Pippi Langstrumpf"-Movies - was man selbst ganz früher als Fernsehschätze genoss, ist über vier Jahrzehnte später blanker Trash (allein diese „Klangcollagen" strapazieren ungehemmt). Musikmatsch - war es damals einfach so? Reichte es für diese Projekte? Gab es nicht ein noch so kleines Orchesterchen mit Spielfreude, welches die Macher hätten ins Boot holen können? Der Soundtrack klingt nach „wie für'n Abbl und 'n Ei." Die Realfilm-Hightech-Orgie „Karlsson vom Dach" bietet immer noch E-Gitarren-Gequetsche der seichteren Art. Zu Gemüte führt man sich dies heutzutage, wenn überhaupt, rein zwangsläufig an starkregneri-schen Pandemietagen - Schmerzgrenze variabel und flugs erreicht. Den Kids wollte man was nett-heimeliges angedeihen lassen, „Bullerbü-Feeling" mitgeben. Daher angesprochene Werke beim Flohmarkt erstanden und im DVD-Player rotieren gelassen - doch nichts zu spüren vom einstigen Zauber. Ja, für Kinder schon. Aber alleine sollen die auch nicht davor hocken. Große Kinder von früher erschaudern, können sich nicht konzentrie-ren (wohl auch die deutsche Synchro hätte mögli-cherweise eingreifen können, müssen - tat es je-doch mitnichten). Kaum nur musikalisches Fiasko verstimmt pädagogisch Interessierte - auch jene demolierte Dialogbuch-Wortwahl. Ich schweife ab.

Ist instrumentale Filmmusik für Durchschnittskino-gänger entbehrlich? Relativ, wohl eine Ge-schmacksfrage - jedenfalls: einen Gedanken wert. Für riesige Sportevents werden gern Soundtracks hergenommen, um euphorische Massen zu beschal-len - Gewinnminimierung steckt sicher nicht dahin-ter. Oder ist das hier der falsche Planet? Salven aus Jerry Goldsmiths „Air Force One"-Soundtrack wurden im US-Wahlkampf eingespielt - typische, aber auch verstörende Kombination. Ausgenutzt für billigste Showtime.

Millionen Kinobesucher - kann es denen schnurz sein, ob „Bridges of Madison County" oder „Terminator 2" individuelle Filmmusik-Handschriften präsentieren? Schon erwähnter „unterbewusster Klangteppich" wäre beim Filmerlebnis komplett fatal. Wenn in „Wyatt Earp" die Männer zum Duell ihre Straße runter gehen, wirkt das (wir sind im Film) durch bombastische Filmmusik kerniger, staubiger, fetter, besser. Und exakt dafür ist der ganze Spaß gedacht: Filmerlebnis pur. Stummfilmpioniere dachten bereits so.

Am Ende aller Grübeleien und Empfindungen bleibt natürlich nur diese Gewissheit: Es ist relative Geschmacksache. Und auch nicht die größte Sorge, die man haben könnte. Generationen sind nachgewachsen, haben eigene Erlebnisgewohnheiten und Hörprioritäten entwickelt, scheinbar. Vielleicht beglückt man das Publikum bald mit fälligem 50-Jahre-Revival-Screening: „Jaws". Dann könnte man wieder eine Umfrage probieren, hinterher im Kinofoyer. Sicher ist: Ohne John Williams und all die anderen seiner Zunft würde Hollywood nicht nach dem Hollywood klingen, was uns spätestens seit famosen siebziger, achtziger Jahren fasziniert.

DER RITT ZUM KREIßSAAL

Nina, schwanger mit Zwillingen, liegt bereits zum zweiten Mal wegen Fehlalarm auf der Pränatalstation. Krankenhausvollpension ist längst nicht mehr spaßig, und auch Ninas Zimmergenossin nervt - das dicke Kind schnarcht wie ein museumsreifer Traktor, redet wirres Zeug vom überfälligen Wunschbaby und empfängt bis zur Geisterstunde Besuch, vermutlich aus der Rotlichtszene. Finstere Typen geben sich die Klinke in die Hand - einer macht Nina den Vorschlag sie vor Ort zu tätowieren.

Tagsüber Visite - Nina findet ihre Stationsärztin zum Piepen, die junge Medizinerin wirkt wie eine Vierzehnjährige: „…, ja nu, bei Ihnen kann's in zwei Stunden oder erst in zwei Tagen soweit sein. Aber ich will Sie nicht drängen, natürlich können Sie hierbleiben, bis es dann mal wirklich losgeht. Sie sind halt siebenunddreißig, es kommen Zwillinge …, ja nu, da würde ich doch auch nichts riskieren." Wieder mustert Nina aus Bettperspektive ihre elfengleiche Stationsärztin, die viel bessere Haut hat. Nach runtergeschluckten Sekunden meint Nina verkniffen: „Ich telefoniere mit meinem Mann, der holt mich heute hier raus." Die Elfe lächelt, mies gespielt, mitleidsvoll: „Alt genug sind Sie ja, ist Ihre Entscheidung." Nina will noch kontern, doch schenkt sie es sich und nickt nur.

Drei Stunden später treffen Marco und Nina zu Hause ein. Man suhlt sich über das Sofa - Nina schreckt hoch: „Ich muss pieschern ..., nein, das ist die Fruchtblase!" Etwas zurückweichend meint Marco: „Hä, ehrlich jetzt?! Ne, nä?!" Nina rollt die Augen rum wie der weiße Hai: „`Türlich jetzt!" In gekrümmter Haltung trippelt sie hastig Richtung Badezimmer - Marco weiß nicht so recht, springt hinterher und scheitert lautstark am Ikea-Tisch.

Sekunden der Stille ziehen sehr rasch vorbei. Nina liegt mit ersten Wehen auf den Badezimmerfliesen - drüben windet sich Marco im Wohnzimmer, beißt in den Teppich. Schmerzverzerrt ruft Nina: „Komm schon, du musst mir Handtücher drunter legen!" Marco ganz praktisch: „Wieso, du liegst auf den Fliesen, die kann man doch wischen!" Nina zittert, ihre Geduld ist am Ende: „Ich laufe aus, und mir ist total kalt!" Marco brummelt: „Mir tut alles weh." Nina brüllt: „Marco!" Der werdende Vater rappelt sich auf, humpelt zum Badezimmer: „Ich mach' schon." Nina versucht so ruhig zu atmen wie im Vorbereitungskurs, doch es gelingt nicht: „Ruf' jetzt Krankentransporter an, ich brauche Liegend-Transport, lass Dich nicht abwimmeln, Liegend-Transport, wegen zwei Nabelschnüren, sag' denen ...!" Marco unterbricht sie grinsend und zeigt Victory-Finger: „... wir kriegen Zwillinge, ich weiß!" Eine mächtige Wehe lässt Nina krampfen:

„Aaahhh! Aaanruuufen!" Sofort stopft Marco drei Handtücher unter Ninas Rücken und Becken. Nina will mehr: „Kopfkissen auch!" Beim Herumwirbeln reißt Marco den Fön vom Schrank - das Plastikteil zerscheppert auf harten Fliesen, dicht neben Ninas Kopf: „Du Ochse!" Marco schämt sich kurz und zupft ein großes Badetuch aus dem Bord: „Kommt schon, Kopfkissen kommt schon!" Mit einem energischen Wisch fegt Nina alle Überreste ihres Föns davon: „Gib' mir lieber'n Helm!" Treu sorgend versichert Marco: „Jetzt ruf' ich die an, die mit dem Liegend-Transport." Er tätschelt über Ninas Knie: „Hey, das ist der Point of no return, wir werden Eltern, diese Nacht!" Nina bäumt sich auf: „Quatsch' mich nich' voll! Ruuuuf' aaaannnn!"

Der Rettungswagen bremst und glitscht vor dem Haus über das Eis. Drei Anfangzwanziger-Sanis springen raus, eilen zum Eingang - der Erste klingelt, der Zweite kann kaum bremsen, läuft auf den Ersten auf, die Dritte, ein ganz frisches Sani-Küken, rutscht in vollem Galopp hinten weg und schlittert quer über die vereiste Auffahrt.

Oben öffnet Marco die Tür: „Ha! Genau die Truppe, die wir jetzt brauchen!" Nina wimmert aus dem Badezimmer: „Aaahhh. Uuuhhh." Marco wedelt freudig mit der Hand - die drei verdammt jungen Sanis sehen sich an, einer fragt: „Können wir mal rein kommen?" Marcos Lächeln friert ein: „Klar könnt ihr das, los! Äh, was ist mit euren Stiefeln?" Aber sechs Schneematsch-Stiefel schlurfen schon an ihm vorbei. Im Badezimmer geht die erste Frage an Nina: „Nabend, haben Sie denn schon Wehen?" Die werdende Mutter kann es nicht fassen: „Da bin ich mir jetzt aber ganz sicher!" Der Sani pustet respektvoll: „Puh, gut, äh …, wie oft denn so?" Nina fiept und schnauft: „… soooo alleeee zweeeeiiii Minuuuuten!" Drei Sanis wechseln verunsicherte Blicke, der Älteste von ihnen sagt in die Runde: „… weiß ich jetzt gar nicht, ob wir da die Richtigen für sind." Nina wird ganz still und bemerkt aus ihrer Froschperspektive das abtauende Sechserpack Schneematsch-Stiefel - toller Besuch. Marco schüttelt sich: „Aber logo seid Ihr die Richtigen, los jetzt, vier Mann, vier Ecken!"

Dick im Rettungspack verschnürt wird die stöhnende Nina von ihren Trägern durchs Treppenhaus bugsiert, Marco schultert Rucksack und Ninas Klamotten. Schon knallen die Türen zu - der RTW düst ab, das Martinshorn ertönt, Blaulicht flackert durch die Nacht.

Im RTW hockt Marco hinten an der Liege und streichelt Ninas Wange, ein schöner Moment, bis: „Cool, die Sirene wollte ich schon immer mal hören! Wir sind glücklich, Euch fahren zu können!

Schweißt uns drei Frischlinge als Team zusammen, wir machen heute Premieren-Tour!", sinniert das Sani-Küken. Nina und Marco starren sie stumm an. Der RTW holpert höchst unsanft über die eisige Straße - von innen sind dumpf Ninas Schreie zu hören, die selbst das Martinshorn übertönen.

Jetzt erreicht der RTW das riesige Krankenhausgelände und steuert auf ein dunkel liegendes Gebäude zu. Beim Aussteigen stutzt Marco: „Sind wir hier richtig?" Der Sani mit dem Notizblock winkt wissend: „Alles im Lack, hier hatten wir mal Ausbildung!" Marco nickt rüber: „Ach so, okay." Nina will sich befreien und strampelt auf der Liege - Marco versucht, sie zu beruhigen: „Wir sind schon auf dem Gelände, alles gut!" So ganz glaubt Marco sich selbst nicht: „Die Truppe hier is' echt fit!" Nina schüttelt den Kopf: „Wir müssen woanders hin, ich kenn' das hier nicht! Du warst doch auch schon auf der Kinderstation! Wir sind hier falsch!" Das Sani-Küken schaltet sich ein: „Nee, bleiben Sie ruhig angeschnallt, wir machen den Rest!" Nina dreht nicht mal ihren Kopf Richtung Sani-Küken.

Die Liege wird in das Gebäude gekarrt - Marco kneift die Augen zusammen: „Wieso is'n hier drin kein Licht?" Unbeirrt schieben die drei Sanis ihren Fang voran. Da kommt schon der 50er-Jahre-Lift durch den Schacht hinuntergerumpelt. Mit argwöhnischer Miene fragen Nina und Marco zeitgleich: „Was?! Da rein jetzt?!" Ein klassisches „Bing", so öffnet sich marode Liftkammer - diese Anlage sah schon bessere Zeiten. „Okay, let's go, auf zum Kreisch-Saal!", säuselt das Sani-Küken. Die Lifttür schließt mit hässlichem Geräusch. Ninas Wehen lassen ihren Körper beben, aber sie ist zu fest angeschnallt, um sich loszureißen. Der Lift setzt sich schwankend in Bewegung. Das Sani-Küken versucht, Nina zu trösten und beugt sich plump-kommunikativ über sie: „Ist doch was Schönes, so eine Geburt. Also nicht, dass ich da mit reden könnte ..." Jetzt erst lässt sich Nina dazu herab, Sani-Küken direkt anzublicken und zischt: „Nur gut, dass Sie hier dabei sind!" Sani-Küken freut sich: „Oh, danke, immer gern! Nur schwups in den ersten Stock! Wir Mädels halten doch zusammen, nä!" Im Fahrstuhlschacht knirscht und ruckelt es - kurz flackert die Kabinenbeleuchtung.

Marco kann es nicht erwarten, bis die antike Lifttür zur Seite fährt und drängelt sich in das endlich erreichte, erste Stockwerk: „Und?! Wo is' hier jetzt der Kreißsaal?!" Es geht Nina immer schlechter, sie lacht vor Schmerzen. Verdutzt gucken die drei Sanis in den total vereinsamten Korridor hinein - dieser ähnelt dem Set von „Stirb langsam": Überall Bauschutt, Plastikplanen, Drähte ragen aus der Decke. Der Sani mit dem Notizblock ruft ein vorsichtiges „Halloooo?" in die dunkle Etage. Nichts. Marco fasst sich ein Herz: „Super, Mädels! Jetzt müssen wir nur wieder runter fahren, rein in euren RTW und das richtige Gebäude finden!" Dieser Schatten eines Lifts macht sich mit allen Passagieren auf den Rückweg nach unten.

Vor frisch getünchter Notaufnahme wird der RTW korrekt eingeparkt - Marco schiebt Sani-Küken beiseite und hilft beim Ausladen. Jetzt zur Anmeldung über die Gänge, hinein in den goldrichtigen Hightech-Aufzug mit Luxus-Überbreite, Softeis-Maschine und Wellness-Area.

Fünfter Stock, Geburtsstation, Ninas Hightech-Aufzug öffnet sich und Nina schreit: „PEEE DEEE AAAA!" Die Elfe, Ninas Stationsärztin, schwebt herbei: „Huch, schon wieder da?! Sagte ich doch, heute geht's noch los! Bestimmt haben Sie schon Wehen." Nina stöhnt. Die Elfe plant: „Na, jetzt werden Sie erstmal an den Wehenschreiber gestöpselt, dann legen wir zackig Zugang …, jo …, denn ist auch der Anästhesist schon da ..., ich schätze mal so ..., na …, gute Dreiviertelstunde." Marco wird etwas blass, Nina jault: „Anästhesist ist noch nicht hier?! Fühlt sich an, als müsste ich ein Sofa aus mir rauspressen!" Ihre Elfe klopft Nina auf die Schulter: „Also, ich glaub' fest an Sie!" Nina kann nicht anders: „Sagen Sie mal, Ihre kleine Schwester - die ist nicht zufällig bei den Sanis!?"

Der Sekundenzeiger hat keine Eile, Ninas Wehenschreiber knattert, voller Schmerz beißt die werdende Zwillingsmutter alle Zähne zusammen. Marco liegt prophylaktisch auf dem Zimmerboden und stemmt beide Beine gegen die Wand: „Nur gut, dass Du unsere Babys auf die Welt bringst! Ich wäre jetzt auch gar nicht fähig." Gerade, als Nina losschreien will, offenbart sich der Anästhesist für heute Abend, gemütlichen Schrittes, die Szenerie erhellend: „Moin, ich mach heute PDA bei Ihnen." Nina winkt ihn zu sich ran und zischt: „Können wir bitte auch gleich anfangen, ja!? Ich brauche volle Ladung, ganz schnell!" Marco grüßt aus liegender Position hinauf: „Uh, toll, hallo!" „... und was brauchen Sie da unten?", erkundigt sich der Mediziner. „Er braucht nichts - ich krieg' die Babys!", schnauft Nina. Ihr Anästhesist erwidert seelenruhig, aber mit einer schulmeisterlichen Prise: „PDA-Mittel wird in drei Schüben verabreicht." Ninas Fäuste hämmern gegen die Liege: „Okay, meinetwegen kann's losgehen!" Mit sportlichem Ruck wird das Protokoll vom Anästhesisten aus dem Wehenschreiber gerissen - er überfliegt die Daten: „Ich arbeite so wie ich immer arbeite, da fahren Sie ganz gut mit. Wir hatten hier schon die eine oder andere Geburt."

Marco ist wieder auf den Beinen und trottet hinter Anästhesist, Elfe und Nina her, die in einen Feng-Shui-Kreißsaal geführt wird - dort stellt sich die Hebamme vor:

„Hi, Ihr zwei, ich bin Heidi! Hi, hi, hi, Marco?!" Marcos Augen weiten sich - seine Ex-Freundin hätte er hier nun (also „High Noon") bestimmt nicht erwartet: „Tach, Heidi, Moin." Nina ist jetzt alles egal, Sie stützt sich auf das Geburtsbett und senkt völlig fertig den Kopf. „Juht, packen wir's, heut' Nacht kommen Twins, hab' ich's doch gewusst!", plappert Ninas Elfe. Marco tastet nach einem Gymnastikball und will sich niederlassen. „Nee, Du, Großer, da rolls'te mir nur runter! Hock' dich auf das andere Teil, kannst sowas hier ja nicht doll ab, ne!", meint Heidi allwissend und führt Marco schon rüber zum chilligen Fatboy. Der Anästhesist legt Nina ein Klemmbrett mit Formular vor: „Bitte durchlesen und unterschreiben - sind alle Risiko-hinweise drauf, damit ich nicht angeklagt werde, wenn Sie wegen der PDA gelähmt bleiben, was wir natürlich mal nicht hoffen wollen. Ist mir auch noch nie passiert." Nina nickt mittlerweile alles durch, grabscht nach dem Kuli und kritzelt los.

VERNEIGUNG

In „Wetten dass...?"-Zeiten schuftete ein emsiger Online-Journalist zynisch-eifrig an Kritiken über die Primetime-Reisen vom letzten ZDF-Familienflaggschiff. Dieser dunkle Ritter wurde nimmer müde Gottschalks Moderationsstil zu sezieren, zu diffamieren. Irgendwo im weiten Showreich hatte König Thomas einen Feind. Beinahe deprimiert klang jener dunkle Ritter, glich einem traurigen Schurken - vor meinen Augen sah ich, wie er kauernd, fröstelnd, fiebernd im schummrigen Versteck ganz nah dem knisternden TV-Schirm abschätzige Protokoll-Notizen kritzelte, noch während des Königs Show.

Beim Verhallen feierlicher Eurovisionshymne war seine feindliche Schreibmaschine schon heißgerattert. Von Zunder der Klang - und ich war happy, wahrlich kein TV-Moderator zu sein, jedenfalls nicht einer, den unser Online-Ritter auf dem Kieker hatte. Plagte Ritter Miesmacher die Sorge, gefasst zu werden? Nie. Nicht, dass seine literarischen Schwerter herzlos geschmiedet, schlecht formuliert waren - was ja (speziell online) mal vorkam. Aber: Angst vor Strafe, wegen Verballhornung vom TV-König Gottschalk? Nein, Ritter Miesmacher brauchte keinen typographischen Harnisch, tarnte sich nicht. Wie ich mich entsinne, trug dieser Online-Journalist etwas (und das hatten nicht allzu viele Netz-User unter herabwürdigendem Mitteilungsdrang) - etwas, was gar nicht schwer in einer Demokratie hinzukriegen ist: Klarname. Pressefreiheit: Famos. Nur schmeckten diese Anti-Artikel wie Abdankungsforderungen, als wolle Ritter Miesmacher unseren König Thomas madig schreiben, ja, stürzen, um selber goldenen „Wetten dass...?"-Thron erklimmen zu können. Gönnte ich als Knecht dem Abtrünnigen die Krönung? Keine relevante Frage - entscheidend ist:

Pressefreiheit - nicht mehr, nicht weniger. Ritter Miesmacher konnte veröffentlichen, welche Schmähungen ihm auch immer beliebten. Hoffentlich wird er es in Deutschland immer können, gezeichnet mit Vor- und Nachname.

Später dann („Gottschalk Live" war nicht gerade wie die ultimative Quoten-Burner-Rakete empor gezischt) hörte es natürlich nicht auf - allerhand Miesmacher hatten Blut geleckt. Aber mit Verlaub: Dem TV-Pöbel wurde schon viel üblere Unterhaltung zugemutet, gerade in der „Vorabendprogramm-Todeszone" (welch' toxisches Label - und so leicht dahingesagt). Schon blökten, gifteten sie wieder aus ihren Unterschlüpfen - tippende Vasallen des dunklen Ritters Miesmacher, etwa: „Gottschalk könne nichts mehr, auch keine neue Show." Was hatten wir doch für Sorgen, wir Deutschen!

Dass ein Entertainer von missmutig daherzwitschernden Legionen (teils unsachlich bis unqualifiziert) runtergefiedelt wurde - man kannte es längst. Verwunderlich immer auf's Neue die massenhaft rausgeblasene und verschwendete Energie - beflügelt durch Einfachheit technischer Umsetzung: Meinung hinscheißen, Meinung abfeuern auf Knopfdruck. Kurz innehalten - und fast aus Versehen über eigene Meinung nachdenken?

Wenn Gottschalk mal das Tüdeln bekam, ein buntes Namenkarussell unter Gästen in Fahrt schubste - huch, dann war richtig Stress im Block. Wer von uns hat noch nie, On oder Off, live oder live on Tape, Irrtümer, Peinlichkeiten, Fettnäpfchen fabriziert? Gottschalk vermittelt nicht als Unterhändler zwischen verfeindeten Warlords. Sein Job ist TV-Moderation, medienhistorische Erlebnisse hat er kreiert - heutige Blogger hockten noch, wenn überhaupt einst schon geboren, wegen 1x Kreuzchen bei „Nein" auf verknittertem „Willst-du-mit-mir-gehen?-Zettelchen" flennend in der Sandkiste.

Heerscharen tumb-quengeliger Online-Kommentatoren, ausgestattet mit „listigen Pointen" posten anonym, was sie schon immer mal loswerden wollten - unter dicker Nickname-Haube, feige. Ob all diese Gehässigen, wohl bedauernswerte Ex-Stalking-Opfer sind, die ihre zurückeroberte Intimsphäre schützen müssen, digital-vermummt? Zynische Ratschläge, „Feedback" zu einer Popcorn-TV-Sendung - mehr haben sie dieser Welt nicht zu sagen. Zur Meinung stehen - ohne Maskerade. Wir können uns sie hierzulande leisten: unsere Klarnamen.

Werden mörderische Regime durch mutige und ehrliche Berichte ins Wanken gebracht, sehr gut. Diese Menschen riskieren enorm viel, praktisch alles, bei Nennung wahrer Identität. Diener der Menschlichkeit im Fahrwasser wieder mal wahnsinniger Zeiten. Bewerten zu können, was authentisch ist - oftmals gelungen mit positivem Echo in der Realität. Für die Welt. Gebastelte News, natürlich rotieren sie herum - Quellen hinterfragen, nicht jeden angedackelt kommende Post für bare Münze nehmen. Ritter Miesmacher würde auch keiner List auf den Leim gehen - er würde die Quellen prüfen.

Menschen und ihre unbesiegbare Courage - sie bloggen, berichten, fotografieren, sprechen Tatsachen aus, haben Familien. Sie wurden, sie werden oft mundtot gemacht, gefoltert, getötet. Es geht ihnen nicht um Egohype-Belanglosigkeiten. Ihre Themen sind die einzig wichtigen für uns alle. Verneigung.

Kein S/W, einzig Grau - alles hängt zusammen. Wir dürfen, wenn es rund läuft, als Zeitgenossen ein paar Jahrzehnte miteinander diese Welt bewohnen, bewegen, betrachten - und gern im Guten bereichern. Ungeborene, Neugeborene, jedes Menschenkind: Zukunft - auch für alle Großen, alle Machthaber, die unsere Welt hier hingebracht haben. Demut, Wunder des Lebens - Menschen im All erzählen darüber, beim Anblick von ganz oben hinunter auf's Chaos. Nicht jedem totalitären Herrscher oder Abzugdrücker ist genau solche Erfahrung zu ermöglichen.

Ausbeutung, Gier, Wahn, asoziale Geldgeschäfte, scheinbar legitimierte Überheblichkeit gegenüber Schwächeren. Terroristen bestimmen grausam das Lebensende ihrer Opfer und somit unseren Fernsehabend - nach Anschlägen die üblichen Bilder: Talkshowrunden über Talkshowrunden, Bad News, gute Verkäufe. Wer kann sich eine Welt vorstellen, heute 2019, von Respekt geprägt? Hoffnung darauf muss lebendig bleiben. Weiterlebende haben es nach wie vor in der Hand, unter Schmerzen, auf allen Seiten. Der Naivität verfallen? 50:50.

Terrorverbreitung - simpler als Terrorverhinderung. *Vergeltung* an Zivilisten, natürlich unmenschlich. Rache für Terror ist logisch, weil Menschen allseits gewaltvoll handeln, immer wieder. Und immer wieder wähnen sie sich durch vorher zugefügtes Leid im Recht.

Dass oftmals „nicht mehr passiert" - ein erarbeitetes Wunder von Menschen, die es hoffentlich immer geben wird. Jeden Amokläufer können sie natürlich nicht stoppen. Polizei, Militärischer Abschirmdienst, Bundesnachrichtendienst, Bundeswehr - für mich komplett unbegreiflich, dass es Mitbürger gibt, welche meinen: „... unnötig, will damit nix zu tun haben." Von Sicherheit zu profitieren - scheinbar eine Selbstverständlichkeit? Jemand muss schon unsere Sicherheit sicherstellen. Das machen Menschen. Sie haben es persönlich entschieden. Für die freie Öffentlichkeit.

Könnte verhindert werden, dass sich Täter überhaupt *auf den Weg* machen? Lebensverhältnisse in kriegsgebeutelten Ländern gravierend verbessern - ein Ziel, lohnender und bezahlbarer als Bombenmissionen. Doch wer kümmert sich um rationalisierte Arbeitsplätze in Rüstungsfirmen, sollten nicht mehr so viele Waffen gebraucht werden? Gewaltspiralen bohren sich mit jedem Atemzug weiter - man begann damit, das Echo wartete nicht, man reagierte, und der Gegenschlag schockte die Überlebenden. Wer hätte wann Mut zum Aufhören gehabt und ihn auch bewiesen? Würden intelligente Außerirdische unsere Welt orten und studieren - sie rauschten einfach weiter. Übel nehmen könnte man es ihnen kaum - womlich haben sie ähnliche Probleme. Braucht man sowas noch im Urlaub?

AUS LIEBE ZUM SPIEL

Für Mitmenschen, die es genießen, lieber zu shoppen, wenn unsere Nationalmannschaft zum WM-Länderspiel antritt („… weil dann immer alle Lädchen so schön leer sind!") - bitte nicht weiterlesen.

2014, Fußball-WM. Wir lieben Public Viewing. Wir verrückten Titelanwärter. Und alles kann mit dem nächsten Spiel dahin, zumindest extrem gedämpft sein. Es macht einfach Spaß. Bis ganz zum Ende durch. Sollte Jogi anrufen und mit Nachnominierung locken - wir würden ihn nicht hängen lassen. Löblich: Bei großen Turnieren rücken unterschiedlichste Bevölkerungsgruppen zusammen - kullert ein Ball der Größe 5 über wohlgetrimmten Rasen, drehen die meisten normalen Leute kollektiv durch. Glückliche Entwicklung seit der 2006er-WM: Endlich darf man Schwarz-Rot-Gold-Fahnen schwenken, ohne schief angeguckt zu werden. Alles andere ist lächerlich.

Billard kann es nicht, Volleyball nicht, Handball schon etwas mehr - aber Fußball war, ist und bleibt ein Phänomen. Erwachsene mutieren zu Kindern, zu Aliens, wenn gedribbelt, geruppt, geköpft, geholzt, gefoult, gepflügt, gezogen, geliebt, gekämpft, gewonnen und verloren wird. Public Viewing oder Couchpiloten - Hauptsache: Trikot an, Handy aus, Hund raus, Kind ratzt, Einwechselstrategie parat,

Malzbier kalt. Frauen sind inzwischen vor Video-wall, Flatscreen oder Röhre etabliert (hat gedauert - aber wie schön ist es jetzt!) - so lange sie nicht über die letzte „Tüll & Tränen"-Folge fabulieren, sondern ernsthaft Spielgeschehen und sachlichen Emotionen folgen - bei jeglicher Unterlassung vom Schwelgen über Körperbau des Spielers A oder B.

Hrubesch, Magath, Breitner, Fischer, Rummenigge - diese Legenden brauchten keinen Körperkult. Heute sind junge und wilde Fußballprofis tätowiert wie Yakuza-Killer. Ob die Spielermehrzahl genügend Demutpotential in sich trägt? Wie ich es hasse, wenn er seine Klamotten vom Leib reißt und die Mädels betört: Cristiano Ronaldo wird keinen deutschen Pass beantragen. CR7 ist eine Superfußballer-Marke, bewegt sich im Antritt grenzenlos, agiert als Schauspielprofi und Weltfußballer in einer Person. Man kann sein Team schlagen.

Ob es in Ordnung ist, dass schon Mittzwanziger für jahresumfassende Hege, Pflege mehr oder weniger gelungene Werbespots und auch fußballerische Taten Millionen kassieren? Ehrlich, wen juckt das, wenn die Jungs ihre Gräten hinhalten und Pott oder Keule nach Hause holen? Es juckt fußballresistente Pedanten, die völlig am Ende ihrer Kräfte vom strapaziösen Einkaufen zurückkehren, über Joghurtauswahldefizit oder Parkscheinticketpreisgigantomanie wehklagen und so mirnichtsdirnichts unsere WM-Stimmung torpedieren.

Das verrückte am Phänomen Ball-rollt-über-Rasen ist: Fußballdeutschland erwartet immer pompöseste Nationalelf-Blockbuster-Session. Seit 2006. Kabinettstückchen und Torwarttor - in jedem Testspiel 300%, mindestens. Mit Luft nach ganz oben. Aus hässlichem Foul-Sturz wieselflink hochspringen und weiter auf den gegnerischen Kasten zu - möge das Tornetz zerfleddern. Zwischendrin: Tiki-Taka-Schönheits-Effizienzsiegel-Zauber, Millionen Augen essen mit. Dass solche Szenen für jedes Spiel nahezu unrealistisch sind, kümmert die wenigsten bierseligen „Bundestrainer". Showtime, dafür wurde bezahlt.

Man hat als Couch-Individuum ja nicht wirklich was vom WM-Titelgewinn. Reicht es am Ende doch, winkt durchaus die Verlockung: Sternchennudeln sind schon mal lecker - aber das vierte Sternchen am nicht eben spottbilligen DFB-Fan-Trikot wäre echter Luxus. Ob es diese kleinen goldgelben Dinger dann zum Draufbügeln gibt? Hoffentlich muss man nicht per Filzstift alles nachkritzeln.

Fußball lebt und lässt erbeben: Torchancen, die mehr drin sind als vorbei, Wiederentdeckung geächteter und unansehnlicher Pike (Hauptsache, das Teil ist drin), launige Trainer-Performance, Strafraumattacken als Varietéperlen. So genanntes, vor vielen Spielen beschworenes, „Fair Play" kommt dann und wann auch mal zum Einsatz. Gewinnen! Ist man wieder bei Sinnen und guckt zwei Wochen nach WM-Endspiel-Abpfiff ermattet aus dem Fußball-Loch hinauf, drängt langsam aber sicher Existentielleres in individuellen Lebensfokus. Was das ist, weiß jeder Fan selbst. Und doch: Das vierte Sternchen würde sich fein machen - da, wo es wirklich hingehört.

Inszenieren tun so viele Kicker-Elite-Bübchen. Klug von Joachim Löw, dies seinen Spielern nicht durchgehen zu lassen. Es fällt angenehm auf - nicht jeder Gegner ist so fair unterwegs, weint und strampelt völlig grundlos. Und nie ist Mutti oder der große Bruder dabei, wenn sie es brauchen. Fraglich nur, ob jemals wohl ein Schiri durch bokiges Gezeter wirklich Milde walten lassen wird, seine Entscheidung nochmals überdenkt. Schamlos, diese Schwalben - nun gut, es sind ja auch nicht allzu viele Super-Slow-Motion-fähige Kameras im Stadion als der Welten Augen präsent. Da kann man durchaus etwas Overacting hinlegen, parallel zum Ausrollen durch fremden Sechzehner. Erwachsene Leute - unglaublich. Wollen nicht alle Spieler

Vorbilder sein? Kids schauen zu ihnen auf. Profi-
fußball ist auch Kindergarten.

Deutschland vs. USA, Löw vs. Klinsmann. Ja,
doch, das „Verschieben" einer Fußballpartie, denn
beiden Teams reicht ein Unentschieden - welch'
Thema. Natürlich hat die Welt schon manche Selt-
samkeit hervorgebracht. Auf dem Rasen sowieso.
Erbärmlich und noch weiter drunter, dieses orakelte
Szenario - denn: In keiner Spielminute waren An-
zeichen für irgendwelche abgekarteten Machen-
schaften zu erkennen. Entweder sind die Schau-
spielkurse beider Teams total daneben gegangen.
Oder: Löw und Klinsmann wollten jeder für sich
gewinnen.

Bei Blutgrätschen, die international schon en vogue
sind, darf auch Philipp Lahm mal am Trikot des
Stürmers ziehen. Die ewige, nervtötende Frage
nach „verschwundener Leichtigkeit", dem „Zum-
Sieg-Tänzeln" - Mertesacker brachte es, nur wenige Minuten nach Abpfiff, genial-abgekämpft auf
den Punkt. Wenn es aus Journalisten-Köpfen nicht
rauszukriegen ist, dann vielleicht beim Fußball-
User? Ist es Pflicht, dem WM-Titel einzig mit opu-
lenter Ballettfiedelei entgegenzuschweben? Jemand
vom Fach hat mal gesagt: „Es gibt keine Kleinen
mehr." Und hielten das nicht alle für wahre Worte?

Fast durch, fast. Frankreichspiel. Ein richtig langer Weg. Für Alle. Illusionslos. Die DFB-Elf (mal wieder) unter den letzten Teams einer Weltmeisterschaft. Kraftspiel - auf Ergebnis. Warum nicht, jetzt? Manuel Neuer hielt mit einer Pranke Bälle, wo andere Keeper drei Hände bräuchten. Torwartprobleme: Wir haben wahrlich andere Sorgen. Beispielsweise: Reporter-Fragen-Kataloge. Berechnet werden konnte dieser Sieg nicht. Erspielt, erzwungen. Das ganze Team, Trainerstab, Spieler, Backstage kann das Ziel fokussieren, zweifellos, absofort. „Offene Rechnungen" (etwa seit der WM '82) sind Quatsch. Dass dennoch über „Französische Rache" gesprochen wurde - nicht nachvollziehbar. Doch wie immer: hübsche Schlagzeile.

Familienpackung für Brasilien. Mit Rhythmus und auch Leichtigkeit - jedenfalls aus Zuschauersicht. 7:1 - unberechenbar, wie immer im Fußball. Dieses ganze Auspfeifen brasilianischer Fans gegen ihre Mannschaft - schon ein Statement. Die Menschen dort lieben eben Fußball. Miroslav Klose - wie schön, dass er es einrichten konnte! Unsere DFB-Elf, vom Stadion gefeiert. Netter Abend, aber die Keule steht noch lange nicht zu Hause. Manuel Neuer, achtarmig, wollte sein Match zu Null gewinnen. Ehrenwert. „Koan Neuer!", war einst von Ultra-Hirnies zu hören, als dieser Profi Bayernspieler wurde.

Ab jetzt gilt absolute Bodenhaftung herzustellen - schwierig genug, selbst wenn „nur" ein 3:0 erreicht worden wäre gegen Gastgeber Brasilien. Halbfinale können sie, die „viel zu braven" Spieler aus Deutschland mit ihren drei Sternchen.

Finale. Durch! Argentinien - durchgebissen. Die Keule kommt nach Hause - das vierte Sternchen landet auf ruinösem DFB-Fan-Trikot. Es wurde Zeit. Kein Elfmeterschießen, wichtig. Riesenbroken gestemmt - Trainerleistung hoch Elf. Dreiundzwanzig WM-Teilnehmer, gesagt, getan. Joachim Löws Position war dieses Mal völlig richtig. Neider, Spinner, Möchtegern-Coaches, sie alle haben diese WM verloren. Ob alle Spieler die Nationalhymne mitsingen - absolut kein Fakt. Keiner war zu satt. Jeder lief für seinen Mitspieler. Einen Dreck auf „Leichtigkeit" - der Weltmeister-Titel ist erreicht, mit Machen, Malochen, auch ein bisschen Schönheit. Lasst nun die Bilder sprechen.

DIE MUSIKTRUHE

Galaxis, die Erde, altes Europa, der Norden, Kreis Segeberg, 2061 Sülfeld, Ende 70er, Anfang 80er Jahre: Bioläden kannte man aus Science-Fiction-Comics. Eine Nachbarin experimentierte zu Hause in ihrer Küche - urplötzlich stellte sie Joghurt her! Damit kamen wir Zwerge kaum klar. Hexe! Nach leckerer Verkostung gewann die mutige Frau doch unser Ansehen zurück, aber bio blieb irgendwie lange noch bio.

Einige Sommer später, erste Midlifecrisis: Schlusiges Hausaufgabenheft, Stein des Anstoßes. Und Mathe war sowieso nicht für mich erfunden worden. Deutschaufsätze und Rechentürme verfasste, vergeigte, versemmelte man mittels Füller von Lamy, Montblanc (wohl situiertes Elternhaus), Geha (Streberstyle) und Pelikan (wir Spielkinder).

Tintenkiller-Fraktion - das waren harte Jungs, sie kokelten und räucherten Schultoiletten aus. Solche Typen brauchte man, um an Leckereien vom Bäcker zu gelangen, während der großen Pause, garantiert unbemerkt vom Hausmeister. Seinen Augen entging nichts. Respektsperson. Tintenkiller-Fraktion, diese Typen waren anders als wir. Schulhofgrenze überqueren: schlechtes Image. Zum Bäcker schleichen, erwischt werden: blauer Brief. Mutig, mit doller Portion Schisslaweng, wer es auf sich nahm, um hinterher von hungrigen Auftraggebern (kein Bock aufs elterlich geschmierte Pausenbrot), gefeiert zu werden. Wir hätten solch Wagnis nie gewagt. Es half kein Zauberkasten, jemand musste gehen - jemand aus der angstfreien Tintenkiller-Fraktion.

Hörspielgeschichten liebten alle: Ob schnieker HiFi-Turm mit Diamantennadel oder massive Musiktruhe (das Zuhause ungezählter Holzwürmer) - rotierende Märchen-LP's vom Plattenteller gehörten dazu. Selbst die Tintenkiller-Fraktion neigte, weilte sie nicht zufällig im Raucherversteck, zur analogen Zerstreuung - nannten sich ihre Favoriten auch KISS und AC/DC. Wir, die Braven, liebten unsere „Reise ins Schlaraffenland", „Der kleine Muck", „Bremer Stadtmusikanten" und „Die Regentrude". Radioprogramme konnte unsere Musiktruhe auch empfangen auf ihre Weise: Frequenzknatschig, extraterrestrisch. Unverzichtbar dazu schmeckten trockene Brötchen zerrupft und eingetunkt in warmer Milch. Gern auch wurde Zuckerei genossen, niemand machte sich in den 80ern Gedanken darum, ob irgendwas mit rohen Hühnereiern los war - Zuckerei frisch gequirlt von Omi!

Draußen ging unter allen Nachbarskindern die phantastische Sage um, viel grässlicher als Feuermannwichtel Eckeneckepenn - alt überliefert:

Niemals dörflicher Idylle trauen! Von Moment zu Sekunde konnte sich Spiel in Ernst verwandeln, wenn der graue Lieferwagen mit gieriger Antenne auf dem Dach um die Ecke bog und im Schritttempo durch unsere Siedlung patroullierte. Verstecken! Dieser Lieferwagen nahm mysteriöse Messungen vor, seine Fühler rochen alles - entsandt durch eine Geheimorganisation namens GEZ. Unangemeldete Radios und Fernseher wurden aufgespürt, angesteuert, allzu sorglos Verantwortliche zur Strecke gebracht. Besser, es blieb ruhig an der Haustür - niemand wollte, dass böse Spione die Eltern einkassierten. Man hörte von unschönen Methoden, Leute zum Reden zu bringen.

Das Erste, das Zweite, das Dritte, das Undsonstgarnichts. Gefühlt liefen „Winnetou"-Streifen (diese Bezeichnung mochte ich nie - es waren für mich Filme) im sonntäglichen Nachmittagsprogramm rauf und runter. War der Abspann in voller Länge gesendet, sponnen alle Kinder die gerade erlebten Indianer-Storys draußen im Spielplatzrevier weiter: Ohne Fransenhose lief kaum einer durch Knicks, über Sandhügel oder ins Maisfeld rein. Landschaften, Figuren, Silberbüchse! Auch das Fährtenlesen stellte für jeden Kumpel etwas besonderes dar - von Lex Barker, Pierre Brice & Co. konnte man lernen. Doch den geheimnisvollen Lieferwagen orakelte niemand. Und da kamen sie, die üblen Häscher der GEZ - im grauen Lieferwagen mit Antenne auf dem Dach! Gewitter empfand ich beängstigend, doch „die hier" waren schlimmer - wir verhielten uns normal, gespannt zwar, aber normal. Ganz Kleine kauerten schon zitternd hinter dem Holzschuppen. Alle starr vor Angst. Fensterlos: Der bedrohliche Lieferwagen beobachtete uns, dank Kopfkino von Alten und Großen. Aber nichts geschah. Er rollte, beschleunigte, kurvte weiter und weiter, kehrte nie wieder zurück. Aufatmen: Unser Dorf, unsere Siedlung, unsere Straße, unsere Eltern waren angemeldet. Dann bog der Eiswagen wie auf Stichwort in unsere Straße, bimmelte mit seinem weit hörbaren Glöckchen, hielt genau am Bürgersteig, und der Sommer war da.

Meine Schockstarre, wegen des grauen Lieferwagens mit irgendeiner Antenne oben drauf, sie verflog. Irgendwann benutzte ich sogar den einen oder anderen Tintenkiller, lange zuvor sorgsam aufbewahrt in meiner Federtasche. Endlich groß sein. Tennis: ultimativer Upper-Class-Sport. Bolzplatz: Proletarier-Schmelztiegel. Wir Kinder schippten im Winter dicke Schneeschichten vom Rasen, um endlich weiterkicken zu können.

Die kleine Poststation aus rotem Backstein, etwas zurückgesetzt von der Straße, war eine Verbindung nach draußen. Große Welt, riesiges Irgendwo.

Eines Tages trug ich mein Sparbüchlein zur Post-station. Vor dem Schalter wirkte deutlicher Geruch alter Holzvertäfelung und jeder Menge Papier sehr vertraut. Hinten dampfte die frische Kaffeetasse vom Schalterbeamten, er selbst war nicht am Platz. Eile - nicht das Gefühl, welches meinen Tag be-stimmte. Ein bisschen großes Kleingeld abheben für Torwarthandschuhe, der Grund des Besuches. Vor dicken Glasscheiben staunte ich über ein Pla-kat. Da lugte der Schalterbeamte aus einem Neben-zimmer und winkte freundlich. Ich lächelte zurück. Seinen Kaffeeschluck nahm er im Vorbeigehen, dann fiel ihm noch irgendetwas ein, weswegen mir stumm aber vermittelnd gestikuliert wurde, dass es auch gleich soweit sei. Er verschwand nochmal im Nebenzimmer. Solche schwarzweißen auf dem Pla-kat abgedruckten „Passbilder" hatte ich vorher nie gesehen - auch die weiblichen Gesichter wirkten von da oben einschüchternd, abwesend, brutal, ge-mein: Gefahndet wurde nach irgendwelchen Män-nern und Frauen, die aus irgendwelchen Gründen irgendwie böse waren. Erwachsene Räuber. Unser Land gefiel ihnen nicht? Sie wurden von den Pla-katdruckern Terroristen genannt - dazu Hinweis-prämien, Warnungen, Personenbeschreibungen und die Buchstaben RAF. All diese Männer und Frauen benutzten Waffen - ihre Probleme mit Deutschland müssen enorm gewesen sein.

BRÜDERCHEN

Durch diese selbstverständlich zerkratzte Scheibe vom S-Bahn-Abteil ist draußen ein Schaukasten zu erkennen - auf dem vergilbten Plakat wird der Diavortrag über Regenwaldexpeditionen beworben. Weiter drüben röhrt die Kettensäge eines Arbeiters durch das Gehölz am Bahndamm. Es piept schrill, gleich ist Abfahrt.

Familienaction: Vater, Mutter, Kind schaffen es gerade noch in den Waggon und hüpfen mir gegenüber prustend auf die Sitzbank. Wir grüßen uns stumm. Die Mutter nimmt ihren etwa Vierjährigen behutsam hoch, der Vater streichelt seine beiden Lieben. Eine Holzsplitterfontäne prasselt gegen den Schaukasten - unzählige Abpraller treffen auch klimpernd unser Abteilfenster. Alle Drei erschrecken kurz, atmen durch, haben sich abgehetzt und sehen nun schon wieder erleichtert aus. Türen klappen zu, unsere S-Bahn fährt rumpelnd los. Kinderblicke nehmen draußen ungezählte Bilder, Szenen, Veränderungen unter die Lupe - flink wirbeln beide Augäpfel hin und her, die Eltern genießen das Strahlen vom kleinen Entdecker.

MUTTER
Jetzt aber endlich zur Oma!

Der kleine Drops ahmt das Führen einer mächtigen Motorsäge nach, fuchtelt mit seinen Händchen in der Luft herum, dazu ein durch vibrierende Lippen gepresstes Brummgeräusch. Die Mutter lächelt und pustet ihrem Kind sanft durchs Haar.

MUTTER
Na, wo sägst du dran rum?

Ihr Sohn hat sich gerade erst warm geholzt und nuschelt etwas. Der Vater simuliert das Schieben einer Schubkarre. Wirkt jedenfalls so.

KIND
Im Stadtpark! Ich säge im Stadtpark! Damit die
Platz haben!

VATER (etwas besorgt)
Äh, wer sind denn „die"?

KIND
Die Bäume! Brauchen doch Platz, alle!

Es könnte ein glatt gebügelter Social Spot sein - bin zu nah, um weghören zu können. Wundersam flitzt draußen der Stadtpark vorbei, das Kind steigert sein Arbeitstempo, seine Eltern lächeln sozialpädagogisch abgeklärt rüber - ich runzle meine Stirn, nicke wissend zurück, doch dieser kleine Mann da mit der Luft-Säge ist uns in Wahrheit ein Rätsel. Jetzt guckt er mich an - gleich sagt der was, wo drauf ein guter Konter immer schwierig ist. Getarnte Anspannung. Der Kinderfinger deutet schon auf mich - schwerer Treffer!

KIND
Wer ist das?

Wir Großen beäugen einander, unsere Mundwinkel zucken. Natürlich zucken sie. Mir gehen völlig andere Themen durch den Kopf. Ich hoffe still, diese Situation möge sich irgendwie selbst - nein, von selbst tut sie es dann doch nicht.

MUTTER
Das ist ein Mann, der fährt hier mit uns S-Bahn.

KIND
Mag ihn nicht, der ist blöd.

Keine Zeitung zur Hand, kein schwarzer kilometerlanger Tunnel, der mich hier retten könnte. Bestes Tageslicht. Gleich wird Nerv-Knirps wieder ausholen. Die Mutter ist etwas perplex, der Vater grinst angestrengt. Ich mag nicht mitspielen, müsste es aber machen, doch habe keine Idee für sympathisch-abgeklärte Spontaneität.

VATER
Na, du erkennst die Leute aber schnell!

Meine Mimik kramt ein stumm-situationskomi-
sches „Danke" hervor. Wertvolle Sekunden - diese
andere vorüberzischende S-Bahn lenkt den Vierjährigen ab. Er kommt jedoch rasch zum Thema zurück, schaut zuerst mich und dann die Eltern an.

KIND
Der soll weg!

MUTTER (freundlich, mahnend)
Hey! Hör bitte auf, Süßer!

Jede Menge Plätze sind noch zu haben, ich bleibe
aber tapfer da. Hoffentlich hüpft das Früchtchen
nicht gleich auf meine Sitzbank rüber. Verständnisvoll und gar nicht übel gespielt lächle ich. Unwis-
send distanzlos, einfach nur Kleinkinderbrabbel-
kram oder vielleicht bloß schlicht nur hinzuneh-
mende Kombination aus beidem?

KIND
Warum bin ich hier?

Scheinbar wissen seine Eltern, dass man ihm nichts
mehr vormachen kann. Nur sehr kurz stimmen sich
Mutter und Vater mit Blicken ab.

MUTTER
Du bist hier, weil wir dich unbedingt, echt ganz
dolle, haben wollten!

KIND
Warum?

MUTTER
Warum, ja ..., weil wir uns gewünscht haben, dich
zu bekommen.

KIND
Geschenkt?

Die Eltern lächeln erleichtert und wippen rhyth-
misch mit den Köpfen. Der Kleine strahlt erwar-
tungsvoll zurück, wird aber sofort von noch einer
vorbeisausenden S-Bahn fasziniert und klebt mit
seiner Nase wieder an zerkratzter Scheibe. Sofort
danach will er mehr hören.

MUTTER (leise, mehr zum Vater gewandt)
Wir haben uns beschenkt mit dir.

KIND
Warum denn, warum?

Das Kind guckt wieder raus, träumend. Vater und
Mutter drücken sich Tränen weg, ihr Sohn merkt

davon nichts. Ich bedanke mich still, wo man sich in solchem Moment mal ohne Worte bedankt. Die Mutter findet ein Taschentuch und tupft es vom Kind unbemerkt über ihre Augen. Der Vater nimmt den Kleinen auf seinen Schoß und drückt ihn fest heran an sich und die Mutter.

VATER
Du hattest schon mal ein Brüderchen.

KIND
Nächste müssen wir raus!

Hellwach springt dieser Racker jetzt runter und hopst schon zum Ausstieg. Man packt zusammen, wir Großen nicken uns nicht zu - wir hätten einander verabschieden können, die Familie verlässt das Abteil. Ich schnaube durch, fühle mich nun besser. So viel wollte ich aber nicht erfahren, von dieser Familiengeschichte. Nie weiß man, ob irgendwie Agieren oder auf Durchzug schalten dran ist, so wildfremd, so unsicher.

Der Vierjährige jubelt am Bahnsteig stürmisch auf eine ältere Dame mit Gehwagen zu und umarmt sie. Seine Oma braucht genau das. Die Eltern trotten hinterher, wollen den beiden Zeit geben - und sich gegenseitig auch.

Zwei junge Leute, frühe Eltern, beide etwa neunzehn bugsieren wortlos eine abgenutzte Kinderkarre in das S-Bahnabteil und bleiben müde, genervt, abwesend im Gang stehen. Parallel stöpseln sie vier Kopfhörer in sich rein, das Baby gestikuliert hinter dem Schnuller zu Papa und Mama hinauf - keine Reaktion. Doch: Zweimal neunzehn Jahre drehen sich stumm einfach weg und starren leeren Blickes raus - wohin wissen sie nicht. Signalpiepen schrillt durch das Abteil, Türen schließen wieder, die S-Bahn fährt ab - in großen Babyaugen sehe ich Unsicherheit wegen all dieser lauten Geräusche.

Wir rollen los. Hinten steigen Vater, Mutter, Kind und Oma, feinfühlig einander helfend, die Stufen des Bahnsteigs herab. Es wird ein guter Nachmittag für sie. Das eben von der Mutter benutzte Taschentuch liegt noch mir gegenüber - Theatertränen waren es nicht. Minütlich neue Geschichten, allein schon beim S-Bahn-Fahren - alle wert, erzählt zu werden. Auch die von den drei Neuen - zweimal neunzehn und einmal ein Jahr alt.

HEADLINES

Kampfthema Diät. Das Grauen. Anbiedernde Covers unzähliger Frauenzeitschriften, welche in zeitfressenden Einkaufswarteschlangen hemmungslos nervten, beflügelten bei mir erhebliche Echtheitszweifel. Um diese eine gewitzte Variation kreisten plumpe Headlines wöchentlicher Neuausgaben: „Abnehmen. Leicht wie nie!" Wer textete das - und wer kaufte das, weil es so getextet war? Längst eingelullte Frauen - markiert vom maskulinen Zeigefinger, der sie anwies, endlich richtig zu sein, besser gesagt, endlich richtig zu werden. Unwahrscheinlich, dass jede Käuferin echtes Übergewicht hatte - die Industrie schrieb und fotografierte genau dagegen an. Rein aus wirtschaftlicher Sicht schon verständlich. Das Zeug wurde gekauft - spätestens ab dem Punkt: Eine philosophische Sache, weshalb Antifett-Gazetten seit Menschengedenken missionarisch-non-stop durch Blätterwälder aller Orten rauschten.

Frauen kämpften still oder laut. Eingetrichtert bekamen sie das Gesellschaftsstempelidealformat Topfrau („schlanke-dünne-supersportliche-Gefährtin mit Köpfchen"). Wobei ich kaum beweisen könnte, dass ausschließlich Männer in entsprechenden Redaktionsetagen daran arbeiteten, erfolgreich verunsicherte Frauen derartig zu manipulieren. Abnehmmodels mit zementiertem Jokergrinsen würden noch sehr lange Schlankmachersuperskills anpreisen, die noch nie zuvor rausposaunt wurden. Scheinbar kam es in durchgeknallten Redaktionsräumen alle paar Tage zu frenetischen Erleuchtungen: Fettverbrennungsupdates, soweit geeichte Waagen messen konnten - erprobt durch Knobeln, Séance oder simples Abschreiben. Diese Leute wussten, wie Kohle reingespielt wurde auf ihrer Spielwiese - idiotischen Wahn schürend: Gut war nur, wer seine aktuelle Diät durchzog. Männer hatten ein leichteres Leben (hundertprozentig beim Abnehmwahngedusel). Frauen *mussten* seit jeher viel mehr liefern. Komplettprogramm, es musste ihnen *normal* vorkommen, entworfen von ganz oben. Welch' schlimme Fernsehreklame-Ära - wo Vati nach erledigter Arbeit zu Hause seine Checkliste serviert kriegte. Finster mit Schürze kam diese einst übliche Rolle des klassischen Hausfrauchens daher - viel später erst wandelte sich Reklame-Drama zur Fremdschäm-Comedy.

Männer durften einfach machen. Jahrein, jahraus tat ich alles für cremige Tortenstücke, wanderte stundenlang, um ganz knapp schon halb eingeräumten Cafétresen zu stürmen - Timing oder Verdauung spielten keine Rolle. Waren alle Teller abgeschleckt und sämtliche Kännchen leergeschlürft, gesellten sich unbefriedigende Völlegefühle zur gepolsterten Sitzecke hinzu. Mein Wohlstandsspeckgürtel (echte Problemzone oder Selbstverliebtheitskratzer?) entsprang zwar kaum dem Reich der Phantasie - aber zumindest wurde ich ja nicht dümmlich von Cover-Sprüchen zugetextet. Mittels wie bekloppt gehypter Diätrezeptzaubereien Kilos purzeln zu lassen - Unsinn. Schlank-und-rank-Baukästen - kategorisch abgelehnt, allein schon wegen ihrer bescheuerten Headlines keinen Cent wert. Das Ziel nach bald fuffzich Lenzen jeden gestählten Anfangzwanziger beim Joggen kompromisslos hinter mir zu lassen, musste es gar nicht sein. Für mich schwierig genug, wuseligen Erstklässlern den Ball wieder abzujagen - mit viel Glück nach zehn Minuten. Fitnessmäßig könnte gerne etwas geschehen. Bloß was denn?

Vormittags, es war spät geworden: Nerviges Stülpen, Pressen, Reinquetschen in meinen rechten Kompressionsstrumpf geriet zur schweißtreibenden Kreislaufsache, sämtliche Alarmknöpfe leuchteten lichterloh. Das andere Ding riss ganz durch - die linke Kompressionssocke war ein Zweiteiler. Ich kauerte, als der stramm-elastische Stoff auseinandergerupft war, unterhalb der Bettkante, unschön aufgestützt, arg pumpend - das Bauchthema war wieder ganz nah. Beim Hausarzt wurde Rehasport vorgeschlagen, Krankenkasse mit im Boot - schon ging es los. Der zweiundzwanzigjährige Fitnesscoach, ein kompakter Schrank, meinte aufbauend:

„... hier mal 'ne Übung für Taillenbereich - also, da, wo du deine Taille vermutest." Ich gab alles. Irgendwann durchkreuzte Fieber meinen Trainingsplan. Die Sache mit dem Gym verlief sich. Am Coach lag es ja nicht, der war irgendwie witzig - im Rahmen meiner Möglichkeiten.

Die Beule in meiner rechten Kniekehle zogen ärztlich verordnete Beinwickel und gefühlt zweiunddreißig Heparinspritzen zur Eigeninjektion nach sich. Stundenlang, die Kinder reichten unermüdlich Glücksbringer rein, verbrachte ich im Bad - zwar visierte die Kanüle ihr Ziel, doch eigenhändig bekam ich es nie gebacken, mir das Teil in meinen Bauch reinzupiksen. Final übernahm diesen Arbeitsschritt meine Frau, sicher gewissenhaft - zu der Zeit hatten wir längst beschlossen, die Ehe zu beenden.

Eines Tages konnte ich nicht auf sie zählen, um das Heparindrama timingkonform über die Badezimmerbühne zu bringen. In unserer Hausarztpraxis hatten die zwar härtere Fälle, gutwillig nahm man sich dennoch meiner Bitte an - eine seelenruhige Arzthelferin trat herein, machte kein großes Ding und sprach: „Spritze geben kann ich auch nur bei anderen Leuten, na, zeigen Sie mal her, wir bräuchten bisschen Bauchrolle." Bereitwillig lüftete ich mein T-Shirt: „Da hab ich was anzubieten."

Rasch Speckmasse zusammengedrückt, Tupfer go, Kanüle go, rein damit, Abwurf, Rückzug, Pflaster drauf, ready. Es fühlte sich an, wie es sich eben anfühlte. Alleine hätte ich das nicht fertig gebracht. „Passt doch, nächste Spritze packen Sie ganz bestimmt selber!", munterte mich diese professionellanimierende Arzthelferin auf. Mir fiel dazu nicht viel ein, außer: „Ne, schwierig, der T-800 konnte sich ja auch nicht selbst terminieren". Nur einige Jahre jünger als ich, diese resolute Arzthelferin - ihren überrumpelten Gesichtszügen war aber zu entnehmen, dass sie mein, na, ja, recht simpel zu erratendes „Terminator"-Filmschmankerl nie zwischengespeichert hatte. Nerds united? Nein.

Einschlag, vom Start weg, bei gut zehn Metern: Rückenstecher. Ich wollte joggen. Also doch nur verspannt Spazierengehen, da, wo die Laufmeile entlangführte. Nachts zum Klo, es war stockfinster - dann gingen auch noch alle Lichter aus, und ich touchierte wohl mehrere Möbel. Was war hier los, eingeklemmter Nerv? Hatte er das Notsignal gefunkt? „Los, hinlegen!" Ohnmächtig hinfallen, das war schlecht abgestimmt - meine Nase wurde in der Blutlache wach.

Der Notarzt stülpte mir einen Mundundnasenschutz drüber. Dann kurvten sie mich zum Föhrer Flughafen. Also das erste Mal ins Krankenhaus, nach flockigen neunundvierzig Jahren - inklusive Premierenstart an Bord eines Rettungshubschraubers: Hübsch über die Nordsee nach Husum, liegend konnte ich nichts sehen - also kein „Jurassic-Park"-Helikopterschönheitsflug. Jedenfalls nicht von hinten.

Als staatlich geprüfter Hypochonder auf einer Trage zur Notaufnahme geschoben, ca. fünf Uhr morgens Husumer Zeit - stets sorgte ich dafür, dass mir solch Szenario am dichtesten kam beim „Schwarzwaldklinik"-Gucken. Für meine pazifistischen Verhältnisse hatte die Nase ganz gut was abbekommen, traute mich nicht, punktuell zu jucken, mit Luftholen war es heikel - innen geschwollen. Diese Ärztin und der Covid-Test, zack, selbstverständlich bis zum Anschlag und noch weiter stopfte sie mir das Stäbchen in alle Nasenlöcher rein - da war ich wach. Feuer frei - auch verpasste sie mir eine prophylaktische Tetanusspritze mit wahren Worten: „So jung kommen wir nicht mehr zusammen."

Eineinhalb Tage sollten sich wie zwei Wochen anfühlen. Spezielle Zeiten, auch für das Krankenhauspersonal - mich beeindruckte, was ich sah: aufmunterndes Lächeln, Mitgefühl, Sorge, Professionalität, Dienst am Menschen. Höchst interessiert studierte ich jeden Morgen, ob mein Spiegelbild irgendwie etwas Unbekanntes, Neues drauf hatte.

War dem nicht so, begann auch flugs intensivere Spurensuche. MRT wurde anberaumt, Routine zum Abklären, ob im Köpfchen irgendwas beim Sturz kaputtgegangen wäre. Es gab bereits mehrfachen Rat von Zeitgenossen, mich solch Prozedur zu unterziehen - keine Ahnung wie die das meinten. Man sorgte sich wohl, rein aus Freundschaft.

Wie ein nervöser Tiger tapste ich durch den Wartebereich, sah schwergezeichnete Patienten, fragte mich, wieso ich hier sein musste, wegen eben mal bisschen Kreislaufdown. Ich trug noch immer jenen blutbenetzten Mundundnasenschutz, welcher mir nach Erwachen aus Föhrer Brummkreiselmodus vom Notarzt übergestülpt wurde.

MRT-Termin - wieder eine Premiere. Ich fragte an, wegen eines sauberen Mundundnasenschutzes, ob man hier ein Exemplar für mich übrig hatte? Der Mediziner versprach, zu gucken. Über meinen Weichteilen sollte ich eine Art Bleigeschichte anbringen - immer wieder verrutschte was. Eine Krankenschwester korrigierte Sitz und Halt dieser Bleigeschichte, erklärte das Vorgehen beim MRT. Ich machte mit, wusste auch gleich nichts mehr drüber, wollte nur, dass man hinterher auf allen Bildern meines Kopfinnenlebens nichts Unschönes sah. Nachdem das MRT-Gerät seinen bildgebenden Job getan hatte, näherte sich der Arzt bedrückt aus seinem verglasten Büro und sagte leise zu mir: „Sieht schlecht aus, Herr Schreiber." Mit unerklärlichem Mut des ausweglosen Moments konterte ich: „Was ist denn los?" Nur kurze Pause.„Tut mir leid, wir haben hier in der Abteilung keine saubere Maske mehr."

Wieder auf dem Zimmer: Dies alles war meine kleine Bedarfshaltestelle - seit gestern durch hauseigenen Kreislaufcrash ausgebremst. Konnte ich doch nicht wissen, dass Auswertung von MRT-Bildern vier Stunden brauchte. So ein Scherzbold, dieser MRT-Arzt - ich sah schon schlimmste Gehirntumordiagnose, bevor er den für mich zu verschmerzenden Maskenmangel bedauernd aufklärte. Alles im Griff, außer meinem Leben. Schreiben im Krankenhaus: Hohe Kunst - mir gelang nicht eine einzige Zeile. Auf weiten Fluren teilten sie das Essen aus - unglaublich, wie schnell es ging, dass man schon nach wenig Zeit hier drin meinte, im Uhrwerk der Krankenhausroutine taktmäßig eingebaut zu sein. Ich dachte wieder an die Maskenpointe - wenn ich mir und meiner Menschenkenntnis trauen durfte, hatte er es wirklich ernst gemeint, als in seiner Abteilung kein frischer Mundundnasenschutz mehr zur Verfügung stand. Noch ein Kontrolltag, dann entließen sie mich. Mit MRT alles chic - beim Herzultraschall hieß es, damit könnte ich einhundert Jährchen werden. Wir werden sehen.

BEDIENUNGSANLEITUNG FÖHR

Als jahrelanger Amrum-Urlauber sinnierte ich bei Überfahrt von Dagebüll nach Wittdün nur an Föhr vorbei - beinahe lästig, diese Zwischenstation Wyk auf Föhr. Nach Andocken dort musste ich stets argwöhnisch checken, ob nicht jemand die für Amrum mitgebrachten Koffer nach Föhr entführte - dieses fiese Piratennest!

Nun ja, echte Bayern sind wir kaum, laufen in Erding scherzhaft unter „zuagreißte Preißn'". So mancher Original-Leberkas-Verfechter ist uns dennoch freundschaftlich zugetan, sogar über Sprachbarrieren hinweg. Doch geborene Blümchen Schleswig-Holsteins zieht es wieder hoch, gen Norden - die Kids drohen auch bereits mit süddeutschem Sprachfehler. Und da meine Recherche unter'm Strich ausspuckt, dass Amrum längst mit freien Autoren gesättigt ist, fällt die Entscheidung nicht mehr so schwer. Auf die Insel gelangt, wer das Festland verlässt - alte Seefahrerweisheit. Ehen retten können Inseln allein nicht.

Umzug von Erding nach Wyk auf Föhr, Mitte März 2014. Dagebüll-Mole, die Autofähre legt ab. Ankerlichten - automatisch übernimmt wohliges Urlaubsgefühl. Wir sind aber gar keine Touris mehr, wir ziehen rüber oder besser: raus ins Wattenmeer. Ich liebe es, Fährarbeitern zuzuschauen, wie sie ihr routiniertes Timing abspulen - diese kernigen See-bären tragen nie Mützen bei Wind und Wetter. Schweigsame Profis muss man einfach mal machen lassen. Idealerweise haben gewöhnliche Reisende mit Handling von Takelage und Schiffsheckklappe sowieso nichts zu tun.

In trüber Diesigkeit dieser wundervollen Nordsee könnten Halligen am Horizont als Flottenverband gedeutet werden inklusive mehr oder weniger voluminösen Flugzeugträgern. Vom Aussichtsdeck beobachtet, zum Greifen nah: Schmächtige Baumkronen ragen tapfer aus den Wellen empor - wie hoch nur im Wald das Wasser steigen kann! Steil entzischt plötzlich den Fluten ein nicht allzu kleines U-Boot. Drehen die hier „Nochmal Jagd auf Roter Oktober"? Nix da, es ist doch nur die Monsterrobbe im Speckpanzer - Gegenlicht: immer schön, oftmals auch trügerisch.

Das Anlegen im Hafen von Wyk auf Föhr - mir persönlich echt wichtig (also, irgendwie für alle Leute, die per Schiff anreisen). Wir sind da! Ehrliche Arbeit kommt nicht infrage, handwerklich total limitiert - Schreibers persönliche Top-Skills: Glühbirnereindrehen, manchmal auch gelingt sogar Fahrradaufpumpen. Schnickschnack, diese Insel nimmt erstmal jeden auf, selbst mich mit ausgeprägtem R2-D2-Tourette (später dazu mehr).

Mein erster Föhr-Gastronomie-Job kullert ganz schnell vorüber, manchmal passt es einfach nicht. Viel schlimmere Inseln gibt's sicher: Amity Island, Île d'If, Shutter Island, Alcatraz - eine gediegenere aber auch: Lummerland. Und Amrums Sanddünen lassen mich weiterhin von Tatooine träumen. Immerhin gibts auf Föhr klebrig-mundenden Budderkuchen - davon ernähren wir uns die ersten Monate. Beide Kinder sind dreieinhalb und entdecken, was man mit dreieinhalb so entdecken kann. Jeder hat das Gefühl, schon die Kleinsten können auf Föhr alleine ihr Ding machen.

Nordfriesisches Grußritual: Nach zahllosen linguistischen Fauxpas' in oberbayerischen Gefilden, jetzt endlich wieder unbeschwert „Moin" hervorbringen zu dürfen - komplett ohne Schuldgefühle. Im Süden zog dieses „Moin" überhaupt nicht. Dort unten sehr verwirrend - zur Begrüßung oder beim Abschied, stets wurde traditionell gebrüllt: „Servusss" (wohlmeinend: „Hallo", „Tschöh", „Tach", „Wiedersehen", „Na", „Salut", „Morgens", „Nabend", „Habe die Ehre", „Adios", „Er nuh' wieder", „Grüezi", „Muss los", „Immer rein", „Ade", „Mahlzeit"). Nordsee macht melankomisch: „Bei-uns-schüttelt-man-einmal-Hand-und-denn-nich'-nochma'!," wie mir von echten Föhrern in höchst delikaten Begrüßungs-/Verabschiedungs-Szenen knurrig doziert wird.

Ausnahmen: „Gratulieren oder Kondolieren" - da mag es dann auch zum wiederholten Händeschütteln kommen zwischen Leuten, die ersten Körperkontakt bereits einmal schon hinter sich brachten. Als Retour, zur zwischenmenschlichen Auflockerung, mein besagtes R2-D2-Tourette - ich muss es ab und zu machen: piepsige R2-D2-Soundeffects imitieren (durchaus möglich, dass ich nicht auf Anhieb jeden Ton treffe).

Fast schon wie Bullerbü hier draußen - jedenfalls teilweise, Einstein hat immer noch ganz recht. Es wacht des Nachts zwar kein ganz richtiger Leuchtturm (was nicht ist mag architektonisch noch werden) über dieses Inselvölkchen, aber Föhr (zugegeben ohne U-Bahn, Tram, Autokino, Bergpanorama, Endlager, Megacitywolkenkratzer) ist nicht von Pappe: Dass 1983 alle Waldszenen aus „Die Rückkehr der Jedi-Ritter" original auf Endor gedreht wurden, kann man so nicht stehen lassen. Beispiel: Satellitenschüssel-Set vom Todessternschutzschildgenerator - diese enorme Kulisse thronte einst über Wyk auf Föhr, Special-Effects-Sprengmeister jagten das Teil beim Showdown in die Luft. Heute gibt ein Miniaturnachbau, nahe heimeliger Strandstraße, Kunde vom legendären Filmdreh - für Touris hüpfen dort auch noch paar Ewoks rum, Angestellte mit entsprechenden Kostümen.

Investigativ kam auf Föhr nichts an ihm vorbei - crashkursmäßig empfahl es sich, beim nordfriesischen Daily Planet, dem Insel-Boten, als Lokalreporter anzuheuern: Bagaluten-Gig, Hafennacht-Schippern, Friesenkrimi-Lesung, Oldtimerclub-Meeting, Musical-Premiere, Schuldirektorenabschied, Fahrradprüfung, Feuerwehrübung, Stromtankeneinweihung - geballte News auf Tasche. Der Insel-Bote - alle wollten mich da, ich legte los!

Nachdem enormer Rummel um Schreibers blumige Artikel außer Kontrolle geriet, wünschte ich mir' n Pseudonym: „Clark Kent" - die örtliche Chefredaktion fand das total bescheuert. Von ganz oben wurde Schreiber folgendes Kürzel zugewiesen: „msr". Ich sach' ja, Genies kennen die Einsamkeit am besten. Das war's dann, so konnte ich nicht arbeiten, nicht mal beim glorreichen Insel-Boten. Doch flugs hatte ich weitaus mehr Inselinput verabreicht bekommen als in über vier Jahren Erding in Erding.

Nächster Job: Zeitungsausträger - für ganz großes Geld machste alles! Und wir wissen auch, um welches Blatt es sich da hauptsächlich handelte, wonach die Insel schrie - nein, nicht irgendwelche Schmonzetten, Konkurrenztageszeitungen oder Fix und Foxi: Der Insel-Bote. Das war schon bissl' entwürdigend - eben noch galt ich als neo-kreative Galionsfigur bildverliebter Inselberichterstattung

und zack, schon war Schreiber geknechteter Radl-
fahrer mit überladenen Satteltaschen unterwegs.
Der Highway von Wyk nach Alkersum - und zurück (saisonunabhängig zur röhrenden Lieferwa-
genrennstrecke verkommen) flankiert durch anspruchsvollen Radweg: aus jeder Richtung Gegen-
wind. Schöne Distanz für vom Hof gejagte Tou-
rikids, umherwandernde Ork-Horden, Krawall-E-
Biker, Rennreiter, Fitnessblogger und eben frisch
berufene Zeitungszusteller - falls man denn Trai-
ningsrückstand beklagte (Ivan Dragos Workout war
dagegen ein Lachsack). Merkwürdig: Unsummen
durch Zustellung von Zeitungen generieren zu
können - jedoch, kaum ähnliches Salär war in nord-
friesisch-pompösen Lokalreporterwürden abzu-
stauben. Es ist das System ...

Föhr sackte schon mal zur Saison gefühlt zehn
Zentimeter ab - mit SUV-Invasion musste man hier
klar kommen, in jeder Gasse. Scheinbar waren diese engen Friesenhäuserschluchten historisch be-
dingt nur ausgelegt für hölzerne Bobby Cars. Kinder mussten auf der Insel keine Langeweile schieben. Hatten strapaziöse Radtouren, ausgiebige
Strandmärsche, Wasserspielplatz-Action oder sinn-
freies „Krebsefangen-und-Krebsewiederrein-
schmeißen" alle Kräfte verzehrt, winkte einzig nur
jene Freizeitalternative losgelöst von Gamingkon-
sole, Drogen oder Kloppen: Schiffegucken.

Am Wyker Hafen lagen sie, Bollwerke der Meere. „We need a bigger boat!", geflügelte Wörter aus „Der Weiße Hai" - dieser Film wäre anders ausgegangen (für Quint sowieso), hätten alle drei Haijäger, Brody, Hooper und Quint, nur eine W.D.R.-Fähre gechartert, um vor Amity Island zu dümpeln, wegen diesem mißgelaunten Fisch.

Wenn Touris schwer bepackt von Autofähren runtermarschierten, erinnerte mich das an Track 3 vom „Der Weiße Hai"-Soundtrack: „Montage (Tourists on the Menu)". Pfiffig die Idee mit selbigem Stück via Lautsprecher gut frequentierten Hafen zu beschallen. Und von dort ging's gleich rüber zum Wyker Fischmarkt, Flohmarkt, all dem geschäftigen Treiben: Hier boten kleine und große Föhrer ihre Waren feil, genossen Kaffee, Waffeln, Kartoffelpuffer, Apfelmus, Pommes, Fischbrötchen - die Zeit sollte man sich als Urlauber nehmen.

Fremdenverkehr bedeutete immer schon Existenz, sowieso als Gastgeber im Wattenmeer. Naturschutz auch, zumindest das Gespür dafür. Nicht allzu wenige Mitmenschen sprangen achtlos mit ihrem Urlaubsort um - schaurig zu beobachten, etwa beim Strandspaziergang am Föhrer Neujahrsmorgen: Feuerwerksraketenüberreste, Böllerklumpen, Bierdosen, Weinflaschen, garantiert auch die eine oder andere Plastiktüte. Neu ist das ja nicht im neuen

Jahr. Ebenfalls Klassiker, jahreszeitenunabhängig: Kaugummis wegrotzen, Müll direkt vom Fahrrad aus verklappen, Kippenschnippen, Dünenzertrampeln. Nur eine Welt, hier auf unserer Welt - denn der Mars wird noch längst nicht besiedelt oder besudelbar - und sicher geschätzt wäre sein Strand auch kein ernstzunehmender Ersatz.

Führer Außenposten vom Arbeitsamt, bereits damals nicht zuständig in Sachen Filmförderungsantrag - mein Fall sorgte hinter jeglichen Schreibtischen für Anteilnahme und verzweifelte Gesichter. Und bei so manchem Termin, wo besprochen wurde, wie es denn mit Schreibers Karriere weitergehen möge, lagen nicht nur Akten rum - auch die druckfrische Ausgabe vom ehrwürdigen Insel-Boten, gänzlich ohne „msr"-gekennzeichnete feinschliffige Journalistenperlen. Nordsee bedeutete großes Kino - irgendwann wird es mir schon noch gelingen, Theodor Storms „Die Regentrude" zu verfilmen (gleichnamiges Drehbuch lauerte in der Pipeline - ich hatte 1994 beim Goldmann Verlag grünes Licht für dieses Projekt erhalten, freie Klassikerrechte waren da hilfreich).

Thomsen, ein Kumpel von mir, hatte 'ne Eisdiele - ich bekam die Chance als Eisverkäufer, Waffeleisenartist, Pfannkuchenschaukler. Sein Laden war schon da, bevor es Föhr überhaupt gab: EisKally.

Ziemlich gefährlicher Job, dort hinter dem Kühltresen - mein Chef kreierte alle Sorten eigenhändig. Pfannkuchen, Waffeln, Zimt und Zucker liefen auch ganz gut. Softeis, Shakes, Käffchen floßen in Strömen. Thomsens Waffelkarussell rotierte, und der Backduft galt am Sandwall als reinster Lockstoff.

Dialektwirrwarr, weit gereiste Stammkunden, einheimische Generationen - beim EisKally war man zu Hause. In der schon mal um zwei Blocks reichenden Schlange zur Eisauswahl sondierten teils sehr wählerische Kunden ihre Geschmacksvorlieben direkt vor dem Tresen gefühlt so ausgiebig, als ginge es um Anschaffung eines Wohnmobils - man hätte locker drei Mitarbeiter simultan zur Pause schicken können. Nur drängelten sich Heerscharen weiterer Touris viel entschlussfreudiger an allen Schnarchnasen vorbei, dass man den Eindruck hatte, der kleine Laden würde immer kleiner werden, abgemessen aus Verkäuferperspektive. Ja, diese über dreißig Eissorten waren lecker. Thomsen und ich wurden Freunde.

Als Inselbrötchen noch mit Winter- und Sommerpreisen verkauft wurden (ich weiß das von Thomsen), Uhren einst gemächlicher liefen, da kannte ich dieses Fleckchen nicht - gut, die Bekanntschaft nachgeholt zu haben. Es lässt sich auf Föhr leben, mag man das Komprimierte, ohne Anonymtouch. Jemand, der nicht gerade Small-Talk-Worldcups regelmäßig nach Hause holt, könnte überfordert sein mit minütlichen Überraschungstreffen (ausgerechnet Leute, die man vor zehn Minuten gern verabschiedet hatte) - sei es beim Shoppen, „Lückenfüllen mit etwas Exklusivem", wieder Shoppen, am South Beach, im Autohaus, zum Kerzenziehen oder im Watt beim Kettcar-Cruisen. Föhr erhob sich wieder zehn Zentimeter aus dem Meer - die Saison rollte dahin, keine zweistündige Wartezeit mehr beim Supermarktparkplatz.

Am 2. Februar 2019 wagte ich in Wyk auf Föhr meinen ersten Leseabend, Programmtitel: „Verdacht auf Spätzünder". Am Programmtitel hatte ich echt lang gefeilt, manche sagten länger als an den Texten - Quatsch, es wurde ein guter Abend. Natürlich funktionierte nicht alles, aber vor echten Menschen endlich eigenes Textmaterial zu testen: Das war wichtig. Wir überzogen ein wenig, auch kein ganz schlechtes Zeichen. Thomsen war natürlich auch da - exklusiv für meinen Leseabend ließ der sein Werder-Spiel sausen.

Föhr bleibt ein besonderer Ort. Wenn es die Zeiten zulassen, fahrt nach Föhr. Ihr wisst ja, wie man da rüberkommt. Genießt die Nordsee, atmet durch,

träumt, wandert, findet Euch wieder, lest den Insel-
Boten. Und sammelt bitte euren Müll auf.

Wyker Hafen, beim Rauschen kräftiger Nordsee-
wellen verbrachte ich gern Momente, Minuten,
Stunden, dachte nach mit geschlossenen Augen,
hörte jenem virtuosen Wind zu, wenn er metallisch-
klimpernd das Fahnengestänge wie ein ganz leich-
tes Instrument spielte. Sechs Jahre Föhr - so manche Tage da draußen fühlten sich an wie Szenen aus
Heinz-Erhardt-Filmen, andere Monate hatten was
von „Truman Show" oder „Pastewka". Es heißt,
wer es in New York schafft, der packt's überall!
Andersrum: Wer es auf Föhr nicht schafft …

Die Kinder wuchsen hier auf, lernten hinter schüt-
zenden Deichen Radfahren und brachten sich im
Meer Schwimmen bei. Liebste Monsterkrümel.
Kindergarten, Wimmelbücher, Freunde, Tränen,
Lachen, Einschulung, Musical, Biikebrennen, Fuß-
ballcamp, Stockbrot, Winterdom, Kostüme, kleine
Wunden, große Dramen, Chor, Lockdown.

Zeit verflog. Erwachsenenmist blieb. Es hielt nicht.
Getrennt verließen wir Föhr. Ist man erst runter und
weg, verklingen oft auch gute Inselkontakte.
Thomsen und ich würden es merken. Ein Teil vom
Weggehen, eine ganz natürliche Sache. Irgendwann
telefonierten Thomsen und ich: „So schade für die

Kids, dass ihre Inselkindheit nicht länger reichte."
Mein Freund antwortete: „Wirf' Dir das nicht vor.
Die Zwei haben von klein auf hier schon viel mit-
bekommen - sechs Jahre Föhr ist ja nicht nichts."

Erinnerungen. Möwenrufe, vertrautes Knattern alter Trecker, starke Böen oder Signalhörner - dieser
akustische Mikrokosmos tat mir gut. Menschen, die
das Leben auf der Insel sehr lange Zeit schon kannten, sie sagten: „Viele, die hier mal wohnten, zog es
in die Welt. Und viele von ihnen kehrten zurück,
nachdem sie sich alles angeguckt hatten." Eben bog
noch ein kleiner Gepäcktransporter um die Ecke,
der Fahrer stoppte, hievte mehrere Koffer vom Hu-
ckepack seiner Ladefläche und tippte auf dem rau-
schenden Funkgerät rum. Unser Anleger füllte sich,
Autos, Lkws, Busse, Vans, Transporter, Hundean-
hänger, Kinderwagen, Rollstühle und Fahrräder
parkten in mehreren Spuren, eingewiesen vom rus-
tikalen Hafenpersonal. Zur Abfahrt strömten Reisende auf ihre Fähren. Dick eingemummelt beobachtete ich An- und Ablegemanöver, war glücklich,
heute nicht von der Insel runter zu müssen - hatte ja
„Wohnort Wyk auf Föhr" im Ausweis stehen. Mir
war klar, Föhr würde nicht für immer Zuhause be-
deuten. Wieder schloss ich meine Augen, spürte
frisches Wetter und schätzte immer größer werdende Entfernung am Motorengeräusch auslaufender
Schiffe.